Siempre fiel - 9 historias de romance erótico

Lisa Vild

Siempre fiel - 9 historias de romance erótico

LUST

Siempre fiel - 10 historias de romance erótico
Original title:
Siempre fiel - 10 erotic stories
Translator: Marta Cisa Muñoz, Adrián Vico
Copyright © 2019, 2022 Lisa Vild and LUST, an imprint of SAGA Egmont, Copenhagen
All rights reserved
ISBN: 9788728246108
1. POD edition

Siempre fiel

Elin entra en una sala oscura y llena de humo. Las fiestas y las discotecas no son lo suyo. Hay demasiado ruido y demasiadas personas hacinadas en un espacio pequeño, pero lo que menos le gusta es la sensación de estar sola en medio de una multitud. Todos a su alrededor parecen felices bailando y cantando. Elin se siente fuera de lugar.

Está rodeada por un grupo de amigos, los cuales están en un ambiente de fiesta épica. Su entusiasmo casi es contagioso, así que Elin piensa que puede ser una noche divertida al fin y al cabo. Pero para eso necesita tomar algunas cervezas para relajarse y que pase la noche. Con este pensamiento en mente, se dirige hacia el bar, el cual está abarrotado como de costumbre, pero se abre paso con la determinación que solo una estudiante con ganas de cerveza barata puede tener. Llama a un camarero delgado para pedir, aunque parece que es un poco joven para trabajar allí.

La cerveza fría recorre su garganta apretada y al instante siente que su efecto afloja los tensos músculos del cuello. Elin analiza la sala. Son las 10:34 de la noche y ella se muere por irse a casa con su novio, meterse en su cama estrecha y quedarse dormida acurrucada junto a él.

—Vamos a bailar —le grita Joel al oído por encima del ruido y la música.

Agarra a Elin por el brazo y la arrastra a la pista de baile repleta de gente y sudor. Joel, Elin y el resto de la pandilla bailan hasta que no pueden más. Cuando baila es como si todo lo demás se volviera borroso. De repente, no importa que la sala esté abarrotada, que haya muchachos manoseándola o que alguien se emborrache tanto que acabe vomitando en una esquina. Es solo ella, la música y su respiración.

—Necesito un poco de aire. Voy a la zona de fumadores. ¿Alguien viene? —pregunta a sus amigos.

Todos sacuden la cabeza, por lo que Elin se abre paso a través de la gente que hay en la sala hasta llegar a la zona de fumadores con las piernas un poco temblorosas. No es una sala de fumadores realmente, es un patio muy pequeño con un solo banco largo y un cenicero grande.

Las estrellas se dispersan y brillan por el cielo oscuro. Elin exhala. Se alivia al ver que el banco está libre. Se sienta, levanta las rodillas y apoya la barbilla sobre ellas. Cierra los ojos y respira aire fresco. Inhala y exhala. ¿A qué hora podría considerarse que es normal marcharse a casa? No ha pasado tanto tiempo desde que llegaron y sus amigos solo se han tomado una cerveza hasta el momento. Por experiencia ha aprendido que sería demasiado pronto para marcharse. Sería una persona demasiado aburrida.

En medio de todos estos pensamientos se abre una puerta. La música se cuela en aquella fría noche de invierno, pero al momento desaparece.

—Hola.

Elin mira hacia arriba y ve unos ojos oscuros y amables. Un hombre alto y de cabello oscuro. Tiene un bigote enroscado con cera, parece que pertenece a un siglo diferente. Él le sonríe y se sienta en el otro extremo del largo banco. Elin asiente con la cabeza y se hace el silencio.

—¿Tienes mechero? —le pregunta, después de que el suyo no funcione y no pueda encenderse el cigarrillo.

Elin busca nerviosa en sus bolsillos y encuentra un mechero. Es de color púrpura y tiene la imagen de un hombre desnudo y musculoso con un trasero firme. Es su mejor mechero, ya que es perfecto para iniciar una conversación. El hombre se desliza por el banco para acercarse un poco y ella le enciende su cigarrillo. Lo observa mientras inhala el humo hacia sus pulmones y luego lo exhala. Una nube de humo blanca y esponjosa que se extiende contra el índigo cielo nocturno.

—Gracias —le dice sonriendo. Con las manos temblorosas se enciende un cigarrillo y comienza a fumar. Él la mira con curiosidad y ella le responde con una vaga sonrisa.

—¿Por qué estás sentada aquí sola? —dice inclinando la cabeza.

—La verdad es que me quiero ir a casa. No me encuentro muy bien.

Las palabras salen de ella antes de que tenga tiempo de pensarlo. Sin embargo, una vez lo dice, se da cuenta de que es la verdad. No se siente muy bien. Está un poco desconcertada por estar en un lugar donde todo el mundo está feliz y se presupone que ella también debe estarlo.

—Ya veo. ¿Estás triste?

No parece estar preocupado ni asustado, pero tampoco parece querer volver a entrar para bailar. Ella se fija en su atenta mirada, cálida y amable.

—Sí —responde ella.

Él asiente y parece que no hace falta nada más para que sepa a lo que se refiere. Conoce esa sensación. Se acerca un poco más y siguen hablando. La puerta se abre y un grupo de personas sale a fumar para tomar un poco de aire, pero rápidamente desaparecen. Hace mucho frío.

—Por cierto, ¿cómo te llamas?

Se sientan muy cerca. Sus respiraciones parecen entremezclarse en el aire.

—Elin —responde ella. Sus pupilas se engrandecen.

—Elin —repite él mientras continúan estando bastante cerca—. Yo soy Roland.

Él le lanza una sonrisa y Elin se da cuenta, quizás demasiado tarde, de que algo está a punto de suceder. Su mirada va desde sus ojos a sus labios. Ella sabe lo que significa. Sabe qué es lo que quiere. El cuerpo de Elin reacciona al instante. Siente una sensación de hormigueo en su estómago y siente también calor entre sus piernas. A Elin le vuelve loca saber que Roland se siente atraído por ella. Ella suspira y mira hacia otro lado. Necesita decir algo para cortar el silencio. Cualquier cosa. Ella agarra el mechero en su mano sudorosa. El mechero del hombre desnudo. Al verlo sonríe y se lo muestra de nuevo.

—¿No es este el mejor mechero que has visto nunca? —una sonrisa se extiende por su rostro.

—Sí, es muy bonito —dice él sonriendo.

El momento incómodo ha pasado. La peligrosa electricidad que se originó entre ellos se pierde en la noche. Él agarra el mechero y se enciende otro cigarrillo. Al devolvérselo, sus dedos rozan la palma de su mano y un escalofrío recorre su cuerpo. Elin se sonroja y mira hacia el suelo, hacia sus viejas y desgastadas Doctor Martens y hacia la grava mezclada con cenizas.

—Entonces, Elin… —comienza a hablar con un tono travieso—. ¿Cuántos años crees que tengo?

Ella se vuelve hacia él y observa su rostro. Se fija en su bigote, el pelo y las líneas finas que se muestran alrededor de sus ojos cuando sonríe. Es evidente que es mayor que ella, ¿pero mucho más?

—Yo diría que tienes veintiocho años.

Él levanta una ceja y resopla.

—¿Qué? —le responde ella sonriendo—. Dime, ¿cuántos años tienes?

—No, soy demasiado viejo para ti. Tú tendrás dieciocho o así, ¿no? —se pasa la mano por el pelo y suspira.

—No eres demasiado viejo. Yo tengo 21 años.

—Vaya, 21 años —se miran y comienzan a reírse—. Soy jodidamente viejo.

Elin lo mira directamente a los ojos y, de repente, vuelve la electricidad entre ellos. Sus labios se separan y las palabras salen volando de su boca.

—Me gustan los hombres mayores.

Después de decir eso se hace el silencio. Él la mira como si estuviera tratando de averiguar si está hablando en serio o no.

Parece indecisa, pero está hablando en serio. No aparta la mirada y suspira.

—Tengo 38 años.

Se sorprende inicialmente, pero despúes piensa que tiene pinta de ser una persona vulnerable, sentado allí con su bigote retorcido.

—¿Qué estás pensando? —pregunta ante el silencio de Elin.

—No pasa nada porque tengas 38 años. Me pareces atractivo.

No sabe lo que está diciendo. Es como si sus pensamientos salieran por su boca antes de pensar si decirlo o no. Solo a unos pocos kilómetros de distancia Sam está dormido en su cama esperando que ella vuelva a casa y se acurruque junto a él. Y ella está allí, coqueteando descaradamente con un extraño. Roland se sorprende al escuchar las palabras de Elin. Esperaba que ella se riera o aceptara que era demasiado mayor y si fuera. El silencio y la electricidad aumentan. La mira de forma intensa vagando desde sus labios hasta sus ojos azules. Elin le devuelve la mirada. No la desvía, aunque sabe que debería hacerlo. En su interior se da cuenta de que es un momento emocionante. Le encanta esa sensación.

—La verdad es que me gustaría besarte —le dice susurrando con los labios abiertos.

—¿Puedo? —el hecho de que él pregunte en lugar de hacerlo casi la hace desmayarse.

Quiere decir que sí. Quiere besarlo y sentir cómo sus suaves labios presionan los suyos.

—Lo siento, no puedo —dice disculpándose.

Él parece confundido, pero no está enfadado ni decepcionado como haría cualquier otro chico en ese momento.

—Tengo novio —continúa Elin.

Él asiente y vuelven al silencio. Ella lo mira y siente que su corazón late con fuerza en su pecho. Nadie le había preguntado si podía besarla antes. En sus fantasías, ella siempre se imagina a alguien agarrándola y besándola con fuerza y pasión, lo cual siempre la ha excitado. El hecho de que su pregunta le haga sentir de esta manera le resulta sorprendente.

Se ponen de pie y caminan hacia la puerta. Ella camina delante de él, pero se detiene en la puerta y se da la vuelta para mirarlo. Respira hondo y se arma de valor.

—Si no tuviera novio, te habría dicho que sí.

La noche siguiente comienza de la misma manera que la anterior. Se baja del autobús y camina la corta distancia desde la parada del autobús hasta la residencia de su compañero de clase. Después, entra al edificio, pero sube por las escaleras en lugar de entrar al pub de estudiantes. Pasa por un montón de dormitorios hasta que finalmente se para frente a la puerta de su compañero y llama. La recibe un feliz grupo de amigos. Están escuchando música, fumando cigarrillos y hablando de política interrumpiéndose constantemente. Siempre están hablando de política. Elin entra y toma asiento con una botella de vino en la mano. Su plan es beber lo suficiente como para no escuchar sus voces. No ha vuelto allí porque sí. Quiere volver a ver a Roland. La convenció de que volviera esa noche al club temático de los 90 en el pub estudiantil. Tampoco fue difícil convencerla. Solo tuvo que abrir la boca para que ella dijera que sí.

Aun así, Elin sabe que lo que está haciendo está mal. Sabe que debe mantenerse alejada, pero hay algo en él que despierta su curiosidad. Había algo en la forma en que la miraba, como si ella fuera la única chica en el mundo, y eso hizo que quisiera volver. No podía evitarlo.

Cuando su compañera de clase abre la puerta quince minutos después y Roland entra, su corazón comienza a dar saltos mortales dentro de su pecho. Se siente como una imbécil, pero rápidamente despeja ese sentimiento. Él está en la habitación y cuando la ve entre todo el humo, sus ojos se iluminan.

—¡Has venido!

Elin se encoge de hombros y trata de fingir que no está nerviosa. Quiere fingir que no se pasó todo el día tratando de encontrar el atuendo perfecto y de aplicar el maquillaje perfecto. Se sienta a su lado, tan cerca que su hombro roza el de ella. Elin cierra los ojos y respira hondo, para tratar de captar su olor. Le vienen a la mente los momentos que habían pasado juntos por la mañana en su mente, cuando tuvo que tocarse para calmar su deseo. Siente un nudo en el estómago y sus pezones se endurecen. En lugar de acabar con el deseo, lo que hizo fue avivarlo más. No puede esconderse, él está allí al lado. Su cuerpo está tan cerca de ella que se siente mental y físicamente débil. Duda que pueda resistirse a él. Ni siquiera sabe si quiere resistirse a él.

Se quedan en el dormitorio lleno de gente durante aproximadamente una hora antes de que todos bajen las escaleras, paguen la tarifa de entrada y se sumerjan de nuevo en aquella sala oscura llena de música explosiva. Hoy hay más gente que ayer en el pub de estudiantes. La pista de baile está llena de nuevos estudiantes borrachos de diecinueve años gritando demasiado en los estribillos. Elin suspira al verlos. Está molesta, pero no piensa que ella también fuera así no hace mucho tiempo. Roland va a comprarle una bebida a la barra. Mientras Roland paga las bebidas, Elin siente cómo su teléfono vibra. «Que te lo pases bien, cariño. Llámame cuando estés de camino a casa y voy a recogerte», le escribe su novio Sam. Elin siente un nudo en el estómago, traga saliva y le responde con un emoticono de un corazón.

Roland y Elin brindan y se dirigen hacia un sofá para sentarse y hablar con el resto del grupo. Sus remordimientos van desapareciendo a medida que su vaso se vacía. En cambio, su interés por Roland es cada vez más intenso. Elin lo toca cuando hablan, se ríe de sus bromas y le lanza largas miradas. Su atención hacia ella hace que se olvide de todo lo que la rodea.

—Tengo que ir al baño —le grita Elin a su compañero de clase a causa del alto volumen de la música.

Las colas para ir al baño del pub son largas, por no hablar de que los baños están muy sucios. Le pide a su amiga la llave de su habitación, pero o no puede escuchar lo que le dice Elin o hace por no escucharlo. Frustrada, Elin suspira y comienza a caminar hacia la cola de los baños, pero Roland la agarra del brazo.

—Puedes usar mi baño —le susurra al oído—. Yo iba a subir de todas formas para hacerme algo de comer.

Ella sonríe ante su propuesta y lo sigue con las piernas temblorosas.

La cocina compartida es tal y como ella imaginaba: montones de platos sucios, basura, comida podrida, etc. Roland camina directamente hacia la nevera y le enseña algunos ingredientes. A continuación, le pregunta si tiene hambre y Elin niega con la cabeza.

Se sube a la gran isla de la cocina y se recuesta dejando colgar las piernas hacia un lado. Le da vueltas todo, se siente cansada y con náuseas al mismo tiempo. Decide concentrarse en el sonido de Roland moviéndose en la cocina, el sonido de algo que se fríe en una sartén y, finalmente, el olor a comida.

—¿Cómo lo llevas? —le pregunta con cautela.

Elin abre los ojos y lo ve parado, un poco lejos de ella, mirando sus piernas y dejando que su mirada siga su forma, desde arriba hasta su falda. Ella está segura de que puede ver sus bragas negras. Lentamente separa las piernas, lo que le permite una mejor vista, y casi ronronea como una gata cuando ve que su expresión facial cambia repentinamente. Le encanta provocarlo, seducirlo desde lejos. La forma en que la mira hace que Elin se excite. Cuando alguien se siente deseado también se siente poderoso y en ese mismo momento siente que tiene el control de todo: de su propia vida y de su deseo sexual.

Ella cierra los ojos y lo escucha desaparecer de la cocina y luego regresar. Se aclara la garganta y se apoya sobre sus codos para mirarlo.

—¿Puedo hacerte una foto? —le pide él con una cámara en la mano.

Se para frente a ella y observa debajo de su falda. Elin sonríe y asiente con la cabeza en silencio mientras se acuesta de nuevo. Separa sus piernas aún más. Los sonidos provenientes de la cámara hacen que Elin se sienta como una especie de diosa exótica, lo suficientemente hermosa como para ser inmortalizada. De repente recuerda que todavía necesita orinar. Lentamente se sienta de nuevo, respira profundamente durante unos segundos hasta que el mundo deja de girar y luego salta de la isla de la cocina.

—¿Puedo usar tu baño ahora?

El dormitorio de Roland es pequeño y desordenado. En realidad, no le importa, ya que está demasiado borracha para pensar en lo que su desordenada habitación dice sobre su personalidad. Ella se apresura dentro del baño y cierra la puerta.

Después de usar el baño, se lava la cara con agua fría y deja que se seque al aire. Por lo general, no te das cuenta de lo borracho que estás hasta que estás solo en el baño. Hoy no es una excepción. Parece que el asiento del inodoro da vueltas y su equilibrio le está jugando una mala pasada. Elin está jodidamente borracha.

—Ven aquí, Elin.

Su voz suave emerge desde la cama de la habitación. Ella cierra la puerta del baño y se para en la puerta de la habitación.

—Ven, siéntate —dice Roland acariciando la cama.

Elin se siente sobria cuando está a punto de dar los pocos pasos que hay desde la puerta hasta la cama. Sus tiernos y esperanzados ojos borrachos miran el paquete de condones en su mesita de noche. También se fijan en el bulto que sobresale de sus pantalones. Aunque tiene mucho alcohol en su sistema, es consciente de lo que sucederá si da esos pasos.

—Roland… no puedo.

Él se pone de pie y camina hacia ella. Apenas tiene tiempo de reaccionar cuando toma sus manos y mueve su cuerpo borracho contra el suyo. La sensación de tenerlo presionado contra ella hace que Elin jadee. Las voces dentro de su cabeza gritan en una batalla entre el bien y el mal. No puedo, pero quiero. ¡Pero no puedo! ¡Pero quiero!

—Sé que quieres.

Su voz suena como la de su cabeza y por una fracción de segundo piensa en besarlo. Sus labios están muy cerca, pero la imagen de Sam y su amable sonrisa siguen en su cabeza. No puede hacerle eso.

—Claro que quiero. Por supuesto que quiero hacerlo, joder —le dice con una voz ronca.

Están a solo unos centímetros de distancia. Si ella cierra los ojos y se inclina... Él se acerca aún más y está a punto de presionar sus labios contra los de ella cuando ella aparta la cara. Sin embargo, Elin siente su pene duro presionar contra su estómago, lo que hace que sus rodillas se debiliten.

Elin retrocede lentamente. Está rota y Roland también parece estarlo. Apoya su espalda en la puerta que conduce al pasillo y se queda allí. Los ojos de Roland recorren su cuerpo. Él extiende su mano y acaricia la parte de su estómago que se ve entre la blusa y la falda. El toque de sus dedos le pone la piel de gallina y parece que a él también. Ella jadea ruidosamente ante su caricia. Siente cómo la sangre corre entre sus piernas haciendo que acabe mojada.

Roland agarra sus manos y, justo cuando está a punto de alejarlas, las agarra con más fuerza. Él presiona sus manos contra la puerta, sujetándola y acercándose a ella. La estaba agarrando con fuerza, pero podría haberse liberado si realmente hubiera querido. Ella lo sabe y él también. Pero en este juego al que están jugando, fingen no hacerlo. Su rostro está tan cerca que respiran el mismo aire. Las puntas de sus narices casi se tocan y sus labios están a pocos centímetros. Elin está completamente en su poder. Él está al mando y ella está encantada con la situación.

—Podría besarte — jadea cerca de ella—. Podría hacer lo que quisiera contigo.

«¡Entonces bésame!», grita la voz dentro de su cabeza. «Quiero que lo hagas, quiero que lo hagas, quiero que lo hagas». Sus palabras hacen que el cuerpo de Elin se retuerza. No porque tenga miedo o se sienta incómoda, sino porque está tan jodidamente cachonda que no sabe qué hacer. Sus bragas están mojadas y rozan contra su clítoris. Ella jadea.

El top que lleva puesto se ha subido un poco más y casi deja sus senos redondos al descubierto. «Solo un poco más, deslizaos un poco más» dice Elin a sus pechos, pero no se mueven más. El cuerpo grande y caliente de Roland envía sacudidas de placer hacia el suyo. A pesar de que él está caliente, ella está helada. Sus pequeños pezones se dejan ver debajo de la delgada tela de su top. Elin sabe que se ha dado cuenta, lo siente. Su pene está presionando contra ella, y eso lo dice todo sin necesidad de palabras. La desea.

Se quedan allí una eternidad. Los brazos de Elin siguen clavados sobre su cabeza contra la puerta. Sus labios están separados y sus respiraciones a solo unos centímetros de distancia. Su estómago desnudo y sus senos se asoman por debajo de su top. Su abultado pene presiona contra su falda en el lugar correcto, frotando y empujando contra su vagina.

—No podemos. Quiero, pero no puedo. No puedo hacerle esto.

Su voz se quiebra. Está jodidamente borracha, cachonda y triste. Su novio, Sam, la está esperando en casa y está a punto de serle infiel.

Roland suelta las manos de Elin y retrocede dos pasos. Ya ha tenido suficiente. Ya se ha burlado de él lo suficiente sin que reciba nada a cambio. Ni siquiera un beso. Roland puede llegar hasta un límite cuando juegan con él y por la mirada en sus ojos Elin puede notar que ese límite se ha alcanzado. Su polla ha estado dura durante tanto tiempo que ahora le duele. Ella piensa en la sensación de su coño hinchado y palpitante, así como en su deseo desesperado.

¿Se sentirá él de la misma manera? Con lo fácil que sería bajarse las bragas, desabrocharle el cinturón y agarrarle la polla.

Dejar que su pene se encontrara con su vagina caliente y húmeda. Sería tan fácil.

Cuando el calor de su cuerpo desaparece, ella casi comienza a llorar. El hecho de que ya no se siente atractiva, el hecho de que ha perdido su fuerza sobre él, la golpea con fuerza. Algo tiene que suceder ahora mismo. Si no es así, se irá sola, llegará a casa insatisfecha y nunca más se volverán a ver. Si no lo besa ahora, siempre se preguntará a qué habrían sabido sus labios. Sam lo entendería, ¿no?

Da dos pasos hacia adelante y envuelve sus brazos alrededor de su cuello. Él atraviesa sus ojos con su mirada. Sus ojos marrones se fijan en el azul de los suyos. Si tuvieran hijos, probablemente tendrían ojos marrones, al igual que él. Eso es lo único que recuerda de las clases de biología. Él le sonríe con cuidado y Elin se derrite. «Bésalo ya», susurra la voz dentro de su cabeza. Ella cierra los ojos y se inclina.

Elin va en el tren de camino a casa. Todo su cuerpo está temblando. Sus labios se separan cuando le viene el recuerdo de lo que ha pasado esa noche con Roland. No importa cuántas veces lo intente, no puede detener su respiración agitada. La sensación de tener su pene hinchado presionando contra ella y su cálido aliento contra su piel persiste. Lo lleva tatuado en la piel y en la mente.

El revisor mira su billete y su cara. Le hace gracia. Parece que Elin haya recorrido un largo camino, como si hubiera salido corriendo de un autobús que llegaba tarde y apenas hubiera tenido tiempo de subir al tren antes de que se cerraran las puertas. Con suerte, eso es lo que él está pensando. No piensa en que ella esté jodidamente cachonda, porque efectivamente lo está. Sus muslos están apretados tratando de ocultar lo húmeda que está y la alta pulsación que tiene.

«Voy en el último tren. ¿Vienes a recogerme?», le escribe a su novio en un mensaje. Este responde al instante, como si hubiera estado esperando el mensaje toda la noche. «No me lo merezco», piensa Elin. Todas sus emociones y pensamientos giran por su cabeza. Dan vueltas y vueltas. No sabe qué hacer. Se mete dentro del baño del tren y cierra la puerta detrás de ella. Al fin sola.

¿Cuántas horas lleva tan cachonda? Su coño está tan hinchado que casi le duele. Sin pensarlo dos veces, se sube la falda y baja la mano por sus bragas negras y empapadas. Siente la humedad contra sus dedos fríos. El roce la hace reaccionar al instante. Su cuerpo explota con un placer instantáneo. Finge que sus dedos son los de Roland. Sus manos acarician sus pliegues hinchados, rodean su clítoris y luego se deslizan dentro de su coño mojado. Primero un dedo, después dos. Elin quiere correrse de inmediato. Lleva mucho tiempo queriéndose correr, pero se ha tenido que aguantar. Parece que quiere sentir sus caricias un rato más. Se imagina sus labios contra los de ella, su bigote contra su labio superior. Su polla desnuda en todo su esplendor. Suspira al pensar en Roland penetrándola. ¿Cómo se sentiría teniendo su polla en su mano, en su boca o en su coño?

Cierra los ojos e imagina lo que hubiera pasado. Finge que lo besa en su dormitorio y que sus besos lo vuelven loco. Se imagina cayendo sobre su cama sin hacer y arrancándose la ropa mutuamente en pura desesperación y deseo. Elin finge que él cae sobre ella y que ella cae sobre él, que puede sentir su polla dura entre sus labios mientras su lengua explora su coño húmedo y palpitante. La fantasía continúa con ella sentada sobre él, deslizándose sobre su polla dura y escuchando los suspiros de alivio de Roland. Luego se lo folla fuerte y rápido, se frota contra él para que su clítoris roce contra su oscuro vello púbico. Elin comienza a gemir en voz alta en sus fantasías y siente que su coño se aprieta alrededor de sus dos dedos. Todo su cuerpo palpita y late con fuerza contra su mano. Abre los ojos y observa su lujuria, sus mejillas sonrosadas y sus labios abiertos en el espejo sucio del baño cuando finalmente se corre.

Cuando se baja del tren quince minutos después, su novio la está esperando allí. Sam coloca su brazo sobre los hombros de Elin y caminan juntos a casa. Le pregunta si tuvo una noche divertida y Elin se encoge de hombros. Para ella no fue una noche divertida. No había nada divertido en caminar toda una noche con las bragas empapadas y tontear con un chico sin que llegara a pasar nada. Había estado muy cerca. Estuvo a punto de ser infiel, pero se apartó en el último segundo. Salió del dormitorio de Roland sin decir una palabra y salió corriendo.

Por lo tanto, no fue infiel, o quizás sí. ¿El hecho de querer besar a alguien o querer tener relaciones sexuales con alguien es ser infiel? Si es así, en el momento que eligió estar a solas con Roland en una habitación ya sobrepasó el límite. O tal vez en el momento en el que decidió volver al pub el segundo día, ya que no lo hizo para ver a sus amigos o para bailar, sino para volver a ver a Roland. No podía fingir que se trataba de otra razón.

Vuelve a casa con Sam y se quitan la ropa antes de meterse en la cama. Su cuerpo la calienta rápidamente. Su piel se pega contra el calor de su cuerpo y Elin nota como algo comienza a crecer en su trasero. Ella se pega a él y lo escucha suspirar suavemente. Su mano llega hasta las bragas de Elin.

—Vaya, estás muy mojada —Sam besa su cuello mientras acaricia la parte exterior de sus bragas—. ¿Qué has estado haciendo esta noche? —le dice sonriendo.

Elin se congela, se sienta en la cama y llora.

—¿Qué pasa, Elin? —Sam acaricia su espalda desnuda. Su amabilidad hace que las lágrimas ardan dentro de sus ojos y rueden por sus mejillas.

—He estado a punto de engañarte —solloza. No puede ver la reacción de Sam en la habitación oscura y eso la consuela un poco. No podría haber soportado ver su expresión de decepción y dolor. Es demasiado importante para ella.

—¿A punto? —le replica.

Elin no sabe interpretar su voz. No suena enfadado ni triste. No sabe qué quiere decir con ese tono.

—Sí —se lamenta—. Había un chico allí que quería besarme y yo también quería, pero no pasó nada, lo prometo.

Elin se cubre la cara con sus manos, preparada para lo peor. Preparada para que Sam salga de la cama y la deje allí. El silencio es denso, al igual que la oscuridad. Puede escuchar el tic tac del reloj en la pared de la cocina y el viento desde el exterior de la ventana. Aguanta la respiración cuando Sam finalmente rompe el silencio con un suspiro.

—Es perfectamente normal sentir curiosidad por otras personas. Yo también la siento, a veces. Lo importante es que elegimos estar el uno con el otro.

Sam tira de Elin hacia la cama y la abraza. Ella entierra su cara en su duro pecho y respira su olor. El silencio vuelve a ser espeso en la habitación, pero ahora es un silencio tranquilo.

Elin está a punto de pasar de la conciencia al sueño cuando siente las manos de Sam contra ella nuevamente.

—Casi debería agradecerle que te haya calentado tan bien.

Sam sonríe con los labios presionados contra su cuello. Elin se despierta y se ríe. Levanta la cabeza y se encuentra con su mirada amorosa. Puede ver el deseo ardiendo dentro de ellos y despierta su propio deseo una vez más. Su mano se adentra en su coño caliente y Elin jadea. Lo quiere a él y lo quiere ya.

Compis del gimnasio

Lleva unas mallas deportivas tan ajustadas que parecen una segunda piel y le resaltan las caderas anchas y el culo musculoso. Con las piernas separadas y las puntas de los pies hacia arriba, la mujer mira por encima del hombro, directamente a Natalia, y le sonríe ampliamente antes de volver la cabeza y doblar las rodillas. El tejido de las mallas de la mujer se estira marcándole el culo y Natalia cree que casi puede verle las nalgas blancas y la hendidura a través de la tela. Con un gemido, Natalia se introduce dos dedos en el hueco húmedo entre sus muslos. Se lame los labios al imaginarse a la mujer de las mallas en la misma posición. Natalia daría lo que fuese por agarrarla de las caderas y lamerla hasta que llegase al clímax, del mismo modo que se acerca su propio orgasmo ahora mismo gracias a sus dedos.

—Como podéis ver, estas mallas no son a prueba de sentadillas —dice la chica del ordenador con una risa y, luego, añade—: ¡Vamos a tener que seguir buscando! Estos leggings son de Gymshark.

Natalia gime cuando la joven reaparece con un nuevo par de mallas. «¡Por favor, que no sean a prueba de sentadillas, que no sean a prueba de sentadillas!», piensa. Al doblar las rodillas, el culo de la mujer sobresale hacia atrás, como si fuese a sentarse, y se vuelve a poner en pie en un ángulo casi de noventa grados. Natalia vuelve a ver el tanga y el precioso trasero de la chica revelados por el tejido. Tras emitir un gemido alto, Natalia se ve inundada por una sensación placentera. Su coño le estruja los dedos empapados mientras se balancea, con envites y gemidos, dejándose llevar por la ola de su orgasmo.

Natalia cierra la tapa del portátil entre jadeos y lo coloca en la mesita de noche. Hunde su cuerpo cansado y relajado en la cama. «Mañana es el gran día», se dice para sus adentros y con esa excitante sensación se queda dormida.

*

El candado golpea el metal y el eco resuena por todo el vestuario esterilizado. Natalia, sentada en un banco, intenta reunir el valor suficiente para enfrentarse a su primer entrenamiento, para el que se ha preparado mentalmente durante toda la semana. «Respira hondo», se insta a sí misma, «tú puedes». Natalia se retuerce las manos compulsivamente encima de su regazo, que no tiene ni el más mínimo hueco entre los muslos.

Ese día se había sentido bien al despertarse, prepararse el bolso y andar unos pocos metros, todavía adormecida, en la mañana de otoño. Y seguía sintiéndose bien cuando entró al gimnasio y se quitó los zapatos cubiertos de barro, pero, al entrar en el vestuario, todo se fue a pique. Lo primero que vio fueron dos chicas altas y delgadas de unos dieciocho años posando medio desnudas para selfis frente a un gran espejo. Con la mirada clavada al suelo, Natalia había escogido la taquilla que quedaba más lejos de la chicas a propósito, pero, aun así, las oía.

—¡Ay, Dios! ¡No publiques esta, que salgo gorda! —gritó la más delgada con una voz aterrorizada.

Eso hizo que Natalia se paralizase. Gorda… Le temblaron las manos mientras se desabrochaba y bajaba la cremallera de los pantalones torpemente. Vaciló antes de bajarse los pantalones por sus anchas caderas y muslos cubiertos de celulitis.

—María, no digas eso, ¡eres preciosa! Piensa en la gente gorda de verdad… —las palabras de la amiga se convirtieron en un susurro y, luego, ambas se echaron a reír.

Al mismo tiempo, Natalia se había puesto en pie, sosteniéndose sobre una pierna con unos pantis de algodón demasiado ajustados, mientras intentaba ponerse las mallas. No las miró y no había oído el final de la frase, pero, en cierto modo, sabía que hablaban de ella. Con lágrimas incipientes, había pasado la otra pierna por las mallas y se las había subido por las lorzas. «Estás bien tal y como estás, María. Podría ser peor; podrías parecerte a mí», pensó.

Las chicas delgadas se habían ido del vestuario hacía rato. Ahora, sentada en el banco, Natalia considera si volver a ponerse los tejanos y la sudadera con capucha holgada y volver a casa. Pensaba que estaba lista, pero, al parecer, se equivocaba. Decide echar un vistazo fuera del vestuario para ver cuánta gente hace ejercicio.

Cuando la puerta se cierra tras ella, le sorprende ver que el gimnasio solo para mujeres está totalmente vacío. Con un gran suspiro de alivio, Natalia relaja los hombros. En el bolsillo lleva una nota con su programa de entrenamiento. Empieza a calentar.

Mientras pedalea en una de esas bicicletas para hacer ejercicio y suda a raudales, Natalia oye el abrir y cerrar de una puerta. El sonido de pisadas de deportivas en el suelo hace que vuelva la cabeza para ver quién interrumpe su ambiente de paz y tranquilidad. Una joven mujer le ofrece una sonrisa amable y saluda a Natalia con la cabeza antes de ponerse los auriculares y empezar a correr en una cinta.

El corazón de Natalia empieza a latirle con creciente preocupación. Se siente insegura e inapropiada en el gimnasio. ¡Todo el mundo parece tener tanta autoconfianza! Parece que estén hechos para los ambientes sudorosos, entre las máquinas de hacer ejercicio y las pesas.

De vez en cuando, Natalia echa un vistazo a la otra persona. A medida que pasan los minutos, empieza a sentirse más cómoda en compañía de la otra mujer. No se parece en nada a los dos chicas del vestuario y su cuerpo se parece más al de Natalia que al de ellas. Lleva un par de pantalones cortos desgastados y una camiseta normal, con el cabello rojo recogido en un moño desenfadado. Mientras la mujer corre en la cinta, Natalia se fija en que sus muslos al descubierto tiemblan cada vez que pone un pie en el suelo y lo que ve hace que se muerda el labio. Se mira sus propios muslos, que se rozan con cada pedaleo. Normalmente, eso habría hecho que se rindiese, pero, de repente, se siente menos insegura. «Si ella puede hacerlo, yo también», piensa Natalia y sonríe para sus adentros mientras lo da todo en el último kilómetro.

Cuando termina el calentamiento y se apaga la pantalla de la bicicleta, Natalia se queda sentada un rato. En su notita arrugada todavía quedan muchos otros ejercicios que debe hacer. Al echar un vistazo por encima del hombro, ve que dos chicas entran por la puerta y van directas a las bicicletas elípticas. Natalia respira hondo y vuelve a mirar la nota. ¿Con qué debería seguir? Vuelve a sentirse insegura, así que piensa que tal vez debería irse a casa y volver otro día.

—¿Necesitas ayuda? —la voz hace que se sobresalte. Natalia se da la vuelta y se encuentra con un par de ojos azules de mirada amable—. No te he visto por aquí antes y pareces un poco perdida. Así que solo quería preguntarte si necesitas consejos o lo que sea… —continúa la mujer pelirroja mientras se rasca el cuello con nerviosismo.

La mujer había terminado de correr en la cinta y, sin que Natalia se diese cuenta, había observado su inseguridad avergonzada y se había acercado a ella silenciosamente. Natalia empieza a sonrojarse más y más por el cuello y las mejillas. Al principio no le responde y se limita a mirarla con sorpresa. A continuación, se da cuenta de que tiene que decir algo.

—Oh, eres muy amable. Es la primera vez que vengo y nunca había ido al gimnasio antes, así que no sé muy bien qué hacer. —Pronuncia esas palabras casi sin querer. No tenía pensado darle una respuesta tan sincera, pero, en cierto modo, se siente relajada y le parece natural hablarle así a la otra mujer.

—¡Qué bien! Ven conmigo, así te enseñaré este sitio y podré ayudarte a crear una rutina sencilla —dice con una sonrisa y empieza a andar energéticamente hacia algunas máquinas. Luego, añade—: Por cierto, me llamo Tilda.

Rápidamente, Natalia salta de la bicicleta y empieza a seguirla, echando un vistazo al culo redondo y sólido de Tilda. Con cada paso se menea haciendo que se le bamboleen las piernas al descubierto. Al ver cómo se contornea, Natalia vuelve a pensar en el vídeo de YouTube que vio la noche anterior y eso hace que se sonroje todavía más.

—Me llamo Natalia —tartamudea tímidamente cuando se detienen delante de una de las máquinas. La mirada azulada de Tilda se clava en Natalia y a ella empieza a latirle el corazón con nerviosismo. Ahora que está de pie frente a ella, Natalia se da cuenta de lo hermosa que es Tilda.

Sentada a horcajadas en el banco de la máquina, Natalia escucha con curiosidad las instrucciones de Tilda. Cuando Tilda le toma la mano, le roza el brazo con el pecho. Le gusta mucho la calidez que desprende su cuerpo contra el suyo y el aroma de su champú termina por entrar por las fosas nasales de Natalia. Que Tilda esté de pie cerca de ella hace que Natalia se sienta algo mareada.

—Aquí es donde pones las pesas, ¿ves? Creo que así estaría bien para empezar —dice Tilda, escogiendo unas pesas menos pesadas—. Recuerda que debes poner la espalda recta y relajar los hombros. Tira de ellas hasta que tengas los codos alineados con el cuerpo y, luego, suéltalas despacio…

Natalia hace lo que le dice y empieza a notar la fuerza que ejercen los músculos de la parte inferior de su espalda. Pesa bastante, pero también es divertido, sobre todo porque Tilda está a su lado, enseñándole lo que debe hacer.

Durante unos treinta minutos pasan por distintas máquinas y equipo de entrenamiento, creando una rutina para Natalia. Tilda la ayuda tanto y es tan maja que Natalia casi se olvida de lo insegura que se sentía. Con Tilda a su lado, se siente en casa en el gimnasio, como si tuviese tanto derecho como cualquier otra persona a estar allí.

—¡Muy bien! —dice Tilda con una risa, poniéndole una mano en el hombro a Natalia cuando ha terminado el entrenamiento sudoroso.

Su roce hace que emita un grito ahogado. Tener a Tilda cerca le afecta más de lo que había pensado. La desea. Maldita sea.

Se van al vestuario juntas y abren las taquillas en silencio. Había planeado ducharse antes de irse a casa, pero ver a Tilda desvestirse por el rabillo del ojo es demasiado para ella. Con la cara roja como un tomate, se pone la sudadera y se cambia las deportivas para hacer ejercicio por sus Converse habituales. Una y otra vez, se repite a sí misma: «¡no mires, no mires!», ya que es lo único que quiere hacer mientras Tilda se quita la ropa deportiva sudada y se lava el cuerpo hasta dejarlo reluciente.

—¡Adiós, Tilda, y gracias por ayudarme tanto hoy! —grita Natalia sin aliento mientras anda hacia la salida con los ojos pegados al suelo.

—¡Adiós, nos vemos! —le responde Tilda y Natalia vuelve la cabeza lo justo para ver la amplia y blanca sonrisa de Tilda. Tilda está de pie allí solo con el tanga sin estar lo más mínimo avergonzada. Natalia sale del vestuario rápidamente con la imagen de los pequeños pezones rosados de Tilda clavada en la mente. Suelta un gran suspiro, sintiendo un tirón en el estómago. Es una sensación que conoce bien y que no puede ignorar.

Se corre con rapidez e intensidad de pie inclinada contra la pared de azulejos fría mientras el agua cae sobre ella. En cuanto llegó a casa, se quitó la ropa sudada y se fue corriendo a la ducha, donde, en su fantasía, sus manos se convirtieron en las de Tilda y la exploraron y acariciaron para que llegase al clímax.

Al cabo de dos días, vuelve al gimnasio solo para mujeres y mira a su alrededor con nerviosismo. Esta vez hay más personas y Natalia empieza a preocuparse cada vez más, pero saber que tiene una rutina que seguir la ayuda. Se yergue y suspira hondamente. Se dice a sí misma «puedo hacerlo» y se dirige a la bicicleta con una sonrisa.

Cuando Natalia conoció a Tilda el otro día, había estado a punto de irse del gimnasio y tirar la toalla. Sin embargo, la autoconfianza de Tilda y su amabilidad hicieron que Natalia se lo volviese a pensar. Tilda le había enseñado qué hacer y cómo hacerlo y le había enseñado que no tenía que avergonzarse. Pero eso no era lo único que Tilda había conseguido: también había despertado la libido de Natalia. Tilda era lo único en lo que Natalia podía pensar desde el momento en que se presentó ante ella con una sonrisa. Natalia intentó pensar en algo distinto, pero sus pensamientos se dirigían, una y otra vez, hacia el cuerpo curvilíneo, los ojos azules y la melena pelirroja de Tilda. Le resultaba imposible ver a Tilda solo como a una amiga; para Natalia era mucho más que eso.

De repente, el teléfono le vibra en el bolsillo del pantalón. Entre jadeos y el sudor que le cae por la espalda, Natalia saca el teléfono mientras sigue haciendo ejercicio. Sin leer la notificación, desbloquea la pantalla y lo ve: nada más y nada menos que una solicitud de seguimiento en Instagram de Tilda. Deja de pedalear de inmediato. El corazón le late con fuerza en el pecho, pero no es por el ejercicio.

Natalia le da al botón de «aceptar» y empieza a curiosear el perfil de Tilda. La sigue y empieza a mirar sus fotos. Su muro está lleno de paisajes mezclados con gatos, comida y selfis bonitas. Se detiene ante una foto de Tilda sonriendo en la playa en bikini. Natalia daría cualquier cosa por besar los labios que dibujan esa sonrisa.

Recibe otra notificación, apenas un minuto tras aceptar la solicitud de Tilda. Tilda le ha dado al «me gusta» y ha dejado un comentario en una selfi que Natalia ha colgado ese mismo día. «¡Estás espectacular!» dice en el comentario. El corazón empieza a latirle con más fuerza y Natalia se muerde el labio. Echa un vistazo alrededor del gimnasio y se encuentra con su propio reflejo, que rezuma felicidad pura y dura.

Durante el resto del ejercicio, Natalia está nerviosísima. Cada vez que oye que la puerta del gimnasio para mujeres se abre y se cierra, espera que sea Tilda. Y cada vez que es otra persona, se decepciona.

Empieza a invadirla lentamente la sensación de que algo ha cambiado. Le lleva un rato darse cuenta, pero cuando Natalia ve a las dos chicas del otro día, las que se rieron de ella en el vestuario, lo comprende. Comprende que se mueve con más confianza por el gimnasio y ya no se siente fuera de lugar o como una extraña. Tiene tanto derecho como cualquier otra persona a estar aquí y lo que los demás opinen de su cuerpo le importa un comino. Por primera vez en mucho tiempo, Natalia se siente bien en su propia piel. Tiene un cuerpo fuerte: puede levantar cosas, tirar de ellas, empujarlas y soportar mucho más de lo que jamás había imaginado. Es fantástica y nadie podrá convencerla de lo contrario.

Por la noche, Natalia recibe un mensaje en Instagram de Tilda. «¿Te apetece hacer ejercicio? Llegaré al gimnasio en 20 minutos». Mira el reloj y ve que son las 22:04 de la noche. Se acuerda de la clase magistral que tiene por la mañana al día siguiente. Y también se acuerda de la sesión de ejercicio que hizo antes del almuerzo. Sus músculos están agotados y debería irse a la cama y descansar para la clase de mañana, pero solo quiere estar con Tilda. «Algo más de ejercicio no puede hacerme daño», piensa y decide quedar con Tilda.

Veinte minutos más tarde, entran al gimnasio juntas. Natalia se siente invadida por un hormigueo mientras piensa en que son las únicas en todo el lugar. Están a solas juntas. Piensa en el comentario que Tilda le escribió en la selfi que publicó ayer y la recorre una sensación cálida. Es cierto que las amigas pueden hacerse halagos y estar cerca físicamente sin que signifique nada, pero cree que esto es distinto. Y ella desea con todas sus fuerzas que lo sea.

Mientras Natalia hace los ejercicios que Tilda le enseñó a hacer por segunda vez ese día, pilla a Tilda mirándola. En un momento dado, cruzan la mirada en el espejo de la pared y Natalia juraría que Tilda se muerde el labio con una expresión distraída. No hablan mucho, dejan que el silencio hable por ellas. El aire lleva unas vibraciones inefables, casi como si estuviese cargado de electricidad. Intercambian sonrisas tímidas, gemidos al levantar las pesas y se les sonrojan las mejillas pálidas. A Tilda le corre el sudor por el cuello hasta el escote grande y suave. Se le pasan mil cosas por la cabeza y, aun así, solo uno de sus pensamientos está claro: le tiene muchas ganas a Tilda.

Natalia está en medio de un ejercicio cuando, de repente, nota un dolor agudo que le va desde la parte inferior de la espalda hasta una de las nalgas. Con un grito, mueve la mano rápidamente hacia la zona dolorosa. Se tumba al suelo sobre su estómago y ve que Tilda corre hacia ella.

—¿Qué te ha pasado? —dice con la voz entrecortada y pone las manos por la zona dolorosa de Natalia.

—La ciática —responde Natalia—. Creo que tengo un nervio pinzado.

Suelta un grito a raíz del dolor punzante e intenta moverse, pero Tilda le coloca las manos en la parte inferior de la espalda, como para decirle que se esté quieta. Aguantándose la respiración tumbada en el suelo, nota cómo las manos cálidas de Tilda se posan en su sudoroso cuerpo.

Y, luego, Tilda empieza a masajearla con cuidado. A Natalia se le escapa un gemidito y se alegra de poder achacarlo al dolor que siente. Mientras Tilda desliza las manos por su espalda, siente punzadas en el bajo vientre. Cierra los ojos y se imagina que ambas están en su casa, desnudas en la cama de Natalia y que Tilda le da un tipo de masaje totalmente distinto.

—¡Sé que duele, lo siento! —se disculpa Tilda con pena mientras Natalia suelta gemidos y se retuerce en el suelo—. Pero los masajes ayudan; a mí también se me ha pinzado el nervio ciático en el pasado.

La agarra con más fuerza para llegar al nervio y Natalia siente que su deseo crece. Algo húmedo le palpita en las bragas y apenas puede dejar de mover el cuerpo. El dolor se marcha pronto, dejándola solo con deseo. Pero no quiere que Tilda deje de masajearla con las manos. Quiere quedarse en este momento para siempre.

—¿Qué tal estás? —Tilda lo dice con una voz grave y ronca, distinta a la que había utilizado hasta ahora. El cambio es tan repentino que Natalia apenas se da cuenta de él.

De repente, Tilda le desliza una mano por encima de las nalgas y la dirige hacia la entrepierna de Natalia. Se detiene allí, justo al lado de su coño. Natalia nota que está excitada por la manera en la que respira, así que vuelve la cabeza con cautela y se encuentra con los ojos azules de Tilda. Tiene las mejillas rosadas y le sonríe tímidamente y Natalia le devuelve la sonrisa. Va moviendo la mano hacia la entrepierna milímetro a milímetro. Al principio, Natalia nota cómo le roza los genitales con los dedos a través de la delgada capa de tela y, luego, cómo le agarra su sexo.

—Eso sienta bien —le susurra Natalia a modo de respuesta. No se atreve a mirar a Tilda a los ojos, ya que teme romper o arruinar el embeleso del momento que comparten.

A continuación, nota la respiración húmeda de Tilda contra su mejilla y, al abrir los ojos, se encuentra con la mirada salvaje de lujuria de Tilda y con sus labios húmedos y entreabiertos. Con una mano entre las piernas de Natalia y los rostros a pocos centímetros, Tilda cierra los ojos y se inclina hacia ella.

Los labios de Natalia se encuentran con los de Tilda y le da la sensación de que el mundo ha dejado de dar vueltas. El mundo que Natalia conocía deja de existir. Lo único que queda en él, lo único que importa, son los labios bien definidos de Tilda contra los suyos.

Para empezar, son solo dos pares de labios que se encuentran, pero, luego, Natalia abre los suyos cuidadosamente y deja que su lengua encuentre la de Tilda. El beso se intensifica y su deseo crece. El beso sabe a sal a causa del sudor, pero también es algo dulce. A Natalia no se le ocurren palabras para describir a lo que sabe Tilda, pero no le hacen falta para saber que quiere probar ese gusto todos los días que le quedan de vida. Tiene un deseo insaciable.

Mientras Tilda le acaricia los muslos a Natalia firmemente, Natalia se restriega contra la mano entre gemidos y besa a Tilda una y otra vez. No existe en su mente la posibilidad de que alguien, en algún momento, pueda entrar al gimnasio y ver lo que están haciendo.

Luego, Tilda se aparta bruscamente y se lleva con ella la calidez que le provocaba su mano al sexo de Natalia. Tilda se ha puesto roja como un tomate y se pasa la mano por el cabello pelirrojo mientras respira con fuerza.

—Lo siento —se disculpa con una risa en voz baja—. No tenía pensado echarme encima de ti así.

Natalia se da la vuelta y se sienta erguida. Pone una mano temblorosa en la rodilla de Tilda y la mira fijamente a esos ojos de un azul intenso.

—Puedes echarte encima de mí cuando te apetezca —se le escapan las palabras incluso antes de que pueda pensar detenidamente en lo que iba a decir. Ahora ya es demasiado tarde. Ella y Tilda ya no pueden ser solo compis del gimnasio porque Tilda siempre sabrá lo mucho que la desea Natalia.

Natalia ve cómo Tilda asimila sus palabras y empieza a sentirse insegura al instante. Tal vez no debería haber revelado que era lesbiana; puede que ahora haya ahuyentado a Tilda de por vida. Se le pasan mil cosas por la cabeza, pero uno de los pensamientos prevalece entre los demás: Natalia se pregunta por qué ha dicho esa estupidez y por qué tenía que destrozar su amistad de ese modo. Justo cuando está a punto de ponerse en pie y marcharse, Tilda se coloca a su lado, jadeando. Natalia alza la mirada para intentar descifrar los ojos azules de Tilda e intentar ver qué quiere decir. Durante unos momentos, Tilda se queda allí, totalmente inmóvil y la mira sin parpadear.

Luego, Natalia advierte que empieza dibujar una sonrisa tímida y Tilda estira el brazo hacia Natalia, todavía inmóvil, y murmura:

—Ven conmigo —se lo dice tanto a modo de pregunta como de orden, pero a Natalia no le da tiempo de pensar en el significado. Agarra a Tilda de la mano y deja que ella la ayude a levantarse.

Se quedan la una junto a la otra, respirando con fuerza. Tilda le sostiene la mirada a Natalia durante largo rato, la primera con sus ojos azules y la otra con ojos castaños. Todavía con las manos entrelazadas, Tilda abre la boca de nuevo.

—Te deseo —le susurra casi sin hacer ruido alguno y el nudo en el estómago de Natalia desaparece como si nada.

Natalia deja de lado el autocontrol al que se había aferrado con dificultad desde la primera vez que Tilda le habló y baja la guardia al tiempo que sus labios se encuentran en un beso intenso. Esta vez, ambas saben lo que quieren ellas mismas y lo que quiere la otra. No tienen que ir a tientas; en vez de eso, pueden dejarse abrumar por el increíble deseo que sienten por la otra.

Se estrechan con fuerza, con los pechos apretados contra, y Natalia desearía que todas las capas de tela que hay entre ellas desapareciesen. Quiere que los pezones duros y rosados de Tilda se froten contra los suyos oscuros y quiere oler y degustar la piel de Tilda.

Esta vez, Natalia es quien termina el beso. Se lame los labios mientras mantiene el contacto visual con Tilda y empieza a ponerse de rodillas frente a ella. Natalia encuentra la cinturilla de las mallas con los dedos y empieza a bajárselas por las caderas y los muslos de Tilda. Una vez le ha quitado la prenda hasta las rodillas, Natalia vuelve a subir los dedos y los desliza por los gemelos, la parte trasera de las rodillas, la cara interna de los muslos y, finalmente, el coño de Tilda. Tilda se muerde el labio, intentando contener un gemido mientras mueve las caderas hacia delante, abierta de piernas, dejando que Natalia se acerque.

—¡Estás superempapada! —dice Natalia sorprendida cuando desliza los dedos fácilmente dentro de Tilda.

Tilda cierra los ojos mientras gime. Natalia saca los dedos y se queda asombrada al ver que el fluido transparente se encadena entre su dedo corazón y dedo índice cuando los separa. Tilda la mira sonrojada, casi como si quisiera disculparse por su excitación. Lo que todavía no sabe es que Natalia está igual de mojada que ella o incluso más.

Mientras Natalia se chupa los dedos, degustando a Tilda, siente cómo le late el coño ardiendo de deseo en sus bragas. La sangre corre por sus venas, preparándola para lo que va a venir y dejándola lista para los dedos, labios y lengua de Tilda.

Natalia está a punto de abrirle las piernas a Tilda todavía más y meterle la lengua en ese agujero rosado cuando nota que Tilda se tensa. Se aparta de ella, alza la mirada y ve que Tilda mira alarmada por la ventana al exterior sumido en la oscuridad de la noche, excepto por las luces que se ven de un coche, que aparca justo fuera.

En un instante, Tilda se sube las bragas y las mallas, mirando a su alrededor preocupada, como si solo ahora entendiese el riesgo de que alguien pudiera verlas allí. Cualquiera podría haber entrado en el gimnasio y verlas a través de las grandes ventanas.

—No podemos hacerlo aquí —susurra Tilda, poniéndola en pie.

Avergonzada, Natalia asiente con la cabeza, temiendo haberse puesto en ridículo. Le da miedo que Tilda no quiera continuar y que el coche del aparcamiento solo sea una excusa para detenerla. Pero Tilda se acerca y le levanta el mentón con el dedo índice. Se miran fijamente a los ojos y Natalia ve un deseo ardiente en la mirada de Tilda.

—Continuemos en el vestuario.

Tilda se quita la ropa de deporte sin apartar la mirada de Natalia. Empiezan a caer al suelo sus prendas, una tras otra, y descubren su piel de color crema. Tiene los pechos grandes y pesados, el estómago algo redondeado y las caderas anchas. Verla así hace que a Natalia se le acelere el corazón y se le hinche el coño y se le pegue a las bragas.

Natalia no puede evitar quedarse mirando, fascinada por la belleza de Tilda y su manera de moverse tan segura sin ningún amago de disculpa ni vergüenza. De hecho, no tiene nada de lo que avergonzarse, ¡sino más bien lo contrario! Aun así, ser curvilínea, corpulenta o incluso gorda en un mundo en el que la belleza no se vende en tu talla suele hacer que la vergüenza termine encontrándote. Tilda ha conseguido darle la espalda a la vergüenza y Natalia la admira por ello. «Un día, seré igual de valiente que ella», piensa Natalia mientras se quita la camiseta por la cabeza.

Moviendo las caderas sinuosamente, Tilda se mete en la ducha y enciende el agua. Natalia se queda de pie a su lado, viendo cómo el agua corre por su cuerpo. ¡Qué bien que le sienta estar bajo el agua, con el cabello empapado y las pequeñas gotas que se crean y le caen de la punta de la nariz! Tila abre los ojos y le dedica una gran sonrisa. En ese momento, a Natalia no le queda otra que besarla; lo necesita. Natalia le rodea el rostro con las manos a Tilda y esta última coloca sus manos en la cintura de la primera. Estrechadas, se besan hasta quedarse sin aliento.

A Natalia ni siquiera le importa que se le mojen los rizos aunque se acabe de lavar el pelo. Con los labios contra los de Tilda y su piel desnuda rozándose, todo lo demás se desvanece. Sus manos encuentran los pechos pesados de Tilda, masajeándolos justo como a ella le gusta. Con el pulgar y el dedo índice, le pellizca uno de los pezones y Tilda gime a gritos bajo el agua de la ducha.

Al mismo tiempo, Natalia nota que Tilda vuelve a bajar las manos y empieza a acariciarla hasta encontrar el coño de Natalia. A Natalia le empieza a temblar todo el cuerpo al notar el roce de las suaves y fuertes manos de Tilda. Se le acelera la respiración y los músculos de sus piernas y vientre se ponen manos a la obra. Lleva soñando con este momento desde que se conocieron. Había fantaseado con los dedos de Tilda contra su clítoris, en su vagina, justo como la toca Tilda ahora mismo, despacio, entrando y saliendo.

Natalia se da contra la pared de espaldas y Tilda se inclina hacia ella y empotra el cuerpo de Natalia contra los azulejos fríos mientras mueve los dedos más deprisa. Los gemidos de Natalia resuenan por la ducha y, aunque intenta emitirlos en voz baja, dentro de ella una voz repite a gritos: «¡Esto es increíble!».

La sensación la invade y crece hasta tal punto que Natalia
sabe con toda certeza que en unos pocos segundos perderá el
control. Tilda mueve los dedos más rápidamente, metiéndoselos
y sacándoselos, y le toca el punto G una y otra vez. Al mismo
tiempo, Tilda utiliza la palma de la mano para rozarle el clítoris
hinchado. Está tan cerca de llegar que Natalia se olvida de dónde
están. Está a punto de rendirse: abre la boca y deja que un
gemido muy alto empiece a subirle por el estómago y la garganta.

Entonces, oyen que la puerta del vestuario se abre. Al
instante, Tilda saca los dedos del coño de Natalia y la deja justo a
punto de tener un orgasmo.

Entre jadeos y apoyada en la pared, Natalia ve que Tilda se va
a una ducha que está a dos duchas de la suya. Desde el vestuario
oyen que una chica abre una taquilla, se cambia y rellena una
botella de agua, mientras canta en voz baja.

«Está escuchando música», piensa Natalia y se vuelve hacia
Tilda, que está de espaldas a ella lavándose el pelo. Tilda está de
pie allí cómo si se estuviese duchando de verdad y como si lo que
acaban de hacer solo fuese un sueño. A Natalia le late el coño
entre los muslos: quiere más; necesita más.

Tilda casi suelta un grito cuando Natalia aparece detrás de
ella, pero con la mano de Natalia en la boca, acaba siendo un
grito ahogado. Con la mano que tiene libre, Natalia le acaricia
los pechos y baja por el vientre hasta su coño. La chica sigue
cantando en voz baja al otro lado del vestuario. Natalia explora
cada centímetro del sexo de Tilda y desliza los dedos por cada
pliegue hasta detenerse en el clítoris. Tilda intenta, en vano, no
emitir ningún gemido e intenta escapar del modo en que la
agarra Natalia, pero sin hacer un esfuerzo de verdad.

El riesgo inminente de que las pillen estimula a Natalia. Con los dedos índice y corazón sube y baja por el clítoris de Tilda una y otra vez con tal velocidad y presión que a Tilda empiezan a temblarle las piernas. Tilda echa la cabeza hacia atrás, contra el hombro de Natalia, y esta última sonríe para sus adentros porque ahora la tiene exactamente donde quería. Tilda tiembla de cuerpo entero, bambolea las caderas y vuelve a gemir en voz alta. Con la mano tapándole la boca a Tilda, Natalia contiene los altos resoplidos y gemidos que Tilda hace cuando se corre.

A Tilda le fallan las piernas y se sienta en el suelo, jadeando con fuerza sin aliento tras el intenso orgasmo que Natalia acaba de darle.

Una puerta se abre y se cierra y ambas se quedan quietas. El silencio les parece intenso, llena todo el vestuario, y, entonces, se dan cuenta de que la mujer que canturreaba ha salido del vestuario. Por fin vuelven a estar a solas.

—¿Te ha gustado? —la voz de Natalia retumba por la ducha. Le caen gotas de agua de la barbilla, pasando por su piel oscura y silueta suave. Tilda asiente con cautela mientras se muerde el labio. Entonces, le extiende una mano a Natalia.

—Ven aquí —exhala con una voz ronca.

Natalia le toma la mano y se deja caer al suelo, donde Tilda le besa el cuello y, luego, pasa los labios por la clavícula de Natalia y baja hacia sus pechos. Cierra esos labios rosados y carnosos alrededor del pezón duro de Natalia. Ella emite un gemido grave mientras la punta de la lengua de Tilda se endurece y se mueve por el pezón, subiendo y bajando por él.

Con una mano firme, Tilda abre a Natalia de piernas, con la cara todavía entre los pechos de Natalia, y le mete dos dedos en su coño húmedo. Jadeando, Natalia mueve las caderas para acomodar los dedos de Tilda. Su cuerpo se cierra alrededor de Tilda y vuelven a convertirse en una. Esta vez, Tilda no tiene que empezar con suavidad y cuidado; los músculos de su espalda trabajan bajo su clara piel mientras utiliza la fuerza de su brazo para meterse lo más hondo posible dentro de Natalia y con tanta velocidad como puede. Natalia llega al orgasmo en unos segundos. Había estado a punto de correrse todo el rato.

—Sí, córrete para mí —oye que Tilda le susurra y gime entre gorjeos mientras recibe cada envite bamboleándose.

Natalia se tensa como un arco, levantándose con la ayuda de las piernas que le tiemblan y pone los ojos en blanco. Sus gritos retumban por la ducha mientras Tilda hace que se corra. Tilda saca los dedos de dentro de ella y, cuando Natalia siente la fría brisa contra su coño hinchado es como si alguien volviese a tocarla. Se sacude involuntariamente, volviendo a gemir.

El agua ha dejado de salir de la ducha hace tiempo. Natalia está tumbada sobre su espalda, jadeando con una sonrisa de par en par. A su lado, Tilda está sentada y sonríe con las mejillas rosadas con excitación. Ambas se miran y empiezan a reírse. ¡Casi las habían pillado!

La risa se desvanece mientras ambas desaparecen centradas en sus pensamientos. Las gotas de agua caen de la ducha hacia el canalón y ese sonido llena el silencio. Natalia está pensando en lo que vendrá después entre ellas.

—¿Crees que todavía está escuchando música? —la voz de Tilda rompe el silencio inesperadamente. Natalia se vuelve para mirarla, pensando.

—Sí, eso creo… —responde confundida. No sabe qué es lo que Tilda quiere decir. Cuando responde, recibe una sonrisa ingeniosa de Tilda. Natalia ve cómo se le acerca y el ambiente vuelve a llenarse de tensión, cargado de electricidad.

—Genial —susurra Tilda y carraspea antes de continuar—: Porque, si mal no recuerdo, ibas a comerme el coño antes de que nos interrumpiesen. Las pupilas de Natalia se dilatan y siente una punzada en el vientre. Junta los muslos sin pensarlo.

Intenta enterrar la cara entre los muslos de Tilda, pero Tilda la detiene. En vez de eso, se da la vuelta y se sienta a horcajadas encima de Natalia, con el culo enorme orientado hacia su cara. Natalia tiene el sexo de Tilda encima, todo rojo, hinchado y mojado. En ese momento, Natalia solo quiere enterrar la lengua en Tilda y hacer que grite de placer.

Entonces Natalia siente el aliento cálido de Tilda en sus propias partes. Tilda separa los grandes muslos de Natalia con delicadez y esta última entiende qué es lo que va a ocurrir. El cuerpo le tiembla mientras cierra los ojos y saca la lengua y se encuentra con el coño de Tilda al mismo tiempo que la lengua de Tilda se encuentra con el de Natalia.

—¿Nos vemos a la misma hora el viernes? —dice Tilda y su respiración forma una nube blanca en la oscura noche de noviembre. Por primera vez desde que se conocieron parece insegura y puede que incluso tímida. Tal vez crea que ha cruzado la línea y que lo que ha pasado esta noche ha arruinado cualquier posibilidad de amistad futura.

Natalia no puede dejar de mirarla: ¡Tilda es tan hermosa bajo las luces de las farolas mientras se balancea! Parece que Tilda, tan segura y confiada en todo lo que hace, haya sido reemplazada. Natalia se da cuenta de que hay miles de aspectos de Tilda que todavía no conoce, millones de características que espera descubrir.

Con una sonrisa cálida, toma la mano de Tilda y entrelaza los dedos con ella, piel contra piel, como si fuese la cosa más natural del mundo. Acerca a Tilda hacia ella delicadamente y la estrecha con fuerza. Tilda se relaja en sus brazos y deja que su cuerpo se derrita en los brazos de Natalia. Encajan perfectamente.

—Nos vemos a la misma hora el viernes —le susurra Natalia a su vez, con su corazón latiendo contra el de Tilda.

El calendario de adviento

Jessica estaba sentada en una reunión de personal cuando notó que le vibraba el teléfono en el bolsillo del pantalón. En medio de una conferencia acerca del nuevo reglamento RGPD y las repercusiones que tendría para el periódico en el que trabajaba, miró el teléfono discretamente y leyó el mensaje que le decía que tenía que recoger un paquete en la oficina de correos que le quedaba más cercana.

—¿Quién era? —Jessica se sobresaltó al oír ese sonido repentino y su compañero Roberto le echó un vistazo curioso desde el otro lado de la mesa. Como era de esperar, Carolina se pensaba que era un mensaje de un tío bueno, ya que siempre estaba pensando en hombres.

—Nadie —le susurró Jessica y vio cómo Carolina hundía los hombros decepcionada.

Jessica intentó centrarse en lo que decía su jefe, pero se despistaba continuamente. Por más que quisiera, no lograba recordar qué había comprado.

Los compañeros de trabajo de Jessica bostezaban por turnos y ella dio por sentado que también estarían pensando en otros temas, como, por ejemplo, en un artículo que tenían que escribir, una entrevista fascinante o, tal vez, en dulces que tenían que comprar para Navidad.

El mes de noviembre llegaba a su fin y todos estaban aletargados en el trabajo en esta época del año y tenían otras cosas en mente. Todos excepto Jessica. No iba a dejar que nada se interpusiera entre su sueño y ella. Se había propuesto convertirse en la próxima gran periodista de la gaceta en un año y en su planificación no había cabida para fiestas de Navidad ni citas ni nada por el estilo. Se había decidido a alcanzar la cima y estaba dispuesta a sacrificarlo todo para conseguirlo.

Pero, durante el resto de la reunión, siguió distraída a raíz de un pensamiento que le rondaba la cabeza. Por más que quisiera, no lograba acordarse de qué había comprado. ¿Serían carpetas que le había enviado alguna de las muchas hemerotecas que había visitado últimamente? O tal vez fuese un error, ya que Jessica estaba bastante segura de que no había pedido que le enviasen nada.

De vuelta a su mesa, estaba a punto de leer sobre la guerra en Yemen para prepararse para las negociaciones de paz cuando vio aparecer un brazo lleno de tatuajes a su derecha que le puso una taza de café en el escritorio. Sin levantar la vista de la pantalla, asintió con la cabeza mientras musitaba un «gracias» y agarró la taza. Por el rabillo del ojo vio que el asistente se dirigía a la mesa siguiente con la bandeja llena de tazas de café. Era un misterio cómo lograba acordarse de cómo les gustaba el café a todos los de la oficina.

Cuando ya casi era hora de irse a casa, Carolina, que estaba de buen humor como siempre, fue a ver a Jessica y se apoyó en su mesa, lo que hizo que casi tirase al suelo un montón de papeles.

—¿Quieres ir a tomar una copa con nosotros? —ladeó la cabeza y miró a Jessica de un modo que le indicaba que solo había una respuesta aceptable para su pregunta.

A Jessica no se le ocurría nada que tuviese menos ganas de hacer que pasar la tarde en un bar repleto de gente con Carolina y otros compañeros de trabajo. No era que no le gustase la gente con la que trabajaba ni que fuese antisocial, sino que prefería quedar con alguien a solas en algún lugar en el que pudiese tener una conversación sin tener que gritar.

—No… —empezó a decir Jessica y, al ver la cara de decepción de Carolina, añadió rápidamente—: Tengo una cita.

Carolina pareció sorprendida y era evidente que pensaba: «¿De verdad? ¿Una cita?». A Jessica le pareció lógico que Carolina estuviera sorprendida, ya que no había tenido ninguna cita en seis meses.

—¿Te acuerdas del mensaje de esta mañana? —continuó Jessica—. No quería decírtelo con los otros por allí, pero, sí… Era de un hombre.

Los ojos de Carolina resplandecieron y soltó un chillido mientras daba palmaditas antes de sentarse al lado de Jessica.

—¡Lo sabía! ¡Cuéntamelo todo! —se inclinó hacia ella, preparada para que Jessica le explicase más detalles.

—Ahora mismo no tengo tiempo, Carolina —dijo Jessica mientras tomaba sus cosas y apagaba el ordenador—. Debo llegar a casa y… —¿Qué hacían los solteros para prepararse para una cita?— depilarme las piernas —continuó, y puso los ojos en blanco ante su propia estupidez. Carolina abrió los ojos como naranjas y soltó un resuello fingiendo haberse quedado estupefacta.

—¡Vaya pendón estás hecha! —le respondió riéndose y le dio una palmadita en el trasero a Jessica. En ese momento, Jessica se acordó de por qué Carolina, esta mujer irritante y ruidosa, era su compañera de trabajo favorita. Le importaba un carajo lo que pensaran los demás de ella. Hacía lo que quería y Jessica la respetaba mucho por ello.

Accidentalmente, Jessica intercambió una mirada con Roberto, que estaba sentado al otro lado de la habitación. Era obvio que había estado escuchando su conversación y, a juzgar por la expresión en su rostro, no le gustaba mucho la idea de que Jessica tuviera una cita. Cuando Jessica había empezado a trabajar en el periódico, había asistido a una fiesta de Navidad: la primera y la última fiesta de Navidad a la que iría. Tras beber unas cuantas copas de más, se había despertado al lado de Roberto. Desde entonces, parecía que Roberto pensaba que terminarían siendo pareja algún día, aunque ella le había dicho en varias ocasiones que eso nunca iba a ocurrir.

Para evitar reírse y ponerse todavía más en evidencia, Jessica se levantó y se dirigió hacia la puerta a toda prisa mientras Carolina gritaba detrás de ella:

—¡Ve a por él, tigresa! ¡Quiero que me cuentes todos los detalles jugosos el lunes!

Jessica no se había marchado de la oficina tan temprano desde hacía siglos. La ciudad estaba oscura y deambuló sin rumbo fijo por las calles con decoraciones navideñas de camino a casa. Era el último día de noviembre y las calles estaban llenas de madres estresadas con niños y bolsas de regalos. Pensó en que podía haber sido una de ellas y se preguntó cómo habría sido su vida si no hubiese decidido anteponer su carrera a lo demás.

Al notar un zumbido en el muslo volvió a la realidad y se detuvo en medio de la calle. Se quitó un guante y se sacó el teléfono del bolsillo de los pantalones tejanos. Carolina le había enviado un mensaje que constaba de tres emoticonos: una lengua, una berenjena violeta y tres gotas de agua. Jessica se atragantó de la risa y sacudió la cabeza al tiempo que se ponía cada vez más nerviosa pensando en el lunes, cuando tendría que hablar de una cita que nunca tuvo lugar.

De repente, Jessica vio el mensaje sobre la oficina de correos que había recibido antes. Casi se le había olvidado mientras se apresuraba en salir de la oficina. Al instante volvió a entrarle la curiosidad y volvió a preguntarse qué habría en ese paquete.

Cuando el hombre de la oficina de correos se dirigió hacia ella cargando una caja enorme, Jessica no pudo evitar pensar: «¿A qué imbécil se le ocurriría pedir que le mandaran un paquete tan grande?». Cuando el hombre se detuvo frente a ella y se dio cuenta de que esa caja enorme era para ella, se preguntó qué imbécil se la habría enviado y cómo había planeado dicho zoquete que ella se lo llevara a casa.

—¡Madre mía! —resolló cuando el empleado lo colocó en la ventanilla. Al joven no le hizo ninguna gracia cuando Jessica continuó—: En realidad, yo no he pedido que me mandaran nada. Tiene que haber sido un error. ¿Podría devolverlo?

—No se ha indicado la dirección del remitente. Si no sabe dónde mandarlo, me temo que no puedo ayudarla —dijo y gritó el número siguiente.

Quejándose entre palabrotas, Jessica se llevó el paquete pesado a casa embarazosamente. Sin duda se iba a vengar de quien se lo hubiera mandado.

Dejó caer el paquete en el suelo de la entrada de golpe y se apresuró en dirigirse a la cocina para sacar las tijeras.

Si ya estaba desconcertada, no fue nada en comparación con lo perpleja que se quedó tras abrir el paquete. Dentro de la gran caja marrón había un montón de regalitos de distintos colores. Todos estaban envueltos con papel de envolver de Navidad y un lazo rojo. Con cada lazo había un papelito con un número escrito. Jessica rebuscó en el interior de la caja durante un rato y encontró un sobre blanco que decía: «léeme». Se le aceleró el corazón cuando abrió el sobre y lo leyó:

Esta caja contiene un calendario de Adviento con regalos navideños que he escogido personalmente solo para ti. Cada regalo tiene un número y abrirás un regalo cada día, empezando el uno de diciembre y terminando el día de Navidad. Espero que los regalos te sean útiles y que disfrutes con ellos.

Feliz Navidad, Jessica.

De un admirador secreto.

Jessica se despertó cansada a la mañana siguiente. Había estado dándole vueltas en la cama toda la noche, intentando averiguar quién le había mandado todos esos regalos. Quería abrir al menos un regalo con todas sus fuerzas, pero algo le decía que esto se había planificado minuciosamente y que arruinaría la sorpresa si hacía trampa. Jessica creía firmemente en los principios y detestaba que se rompieran las normas. No tenía ni idea de lo que podía contener esta sorpresa, pero decidió seguirle el juego. Abriría un paquete cada día.

Tras tomarse el desayuno y el café de la mañana, se sentó en el sofá con el regalo número uno. No quería admitirlo, pero estar sentada allí en pijama abriendo un regalo de Navidad la llenó de nostalgia. Casi podía saborear los turrones, oler el árbol de Navidad y oír cómo su hermana zarandeaba los regalos debajo de él secretamente.

Jessica se sintió triste por haber evitado a su familia durante años y no haber asistido a ningún cumpleaños o festividad desde hacía tiempo. La verdad es que ya no aguantaba que le preguntasen una y otra vez cuándo iba a encontrar al hombre adecuado, si no era hora de que echase raíces pronto y si no quería tener una familia. No soportaba que su madre la sermoneara con que ella había sacrificado su vida profesional por su familia y que nunca lo había lamentado. Así que Jessica había decidido distanciarse de su familia y consagrar su vida por completo a su lugar seguro: el trabajo. Siempre había algo que hacer y nadie le preguntaba jamás por qué se pasaba todo el tiempo trabajando o cuándo iba a irse a casa. Respiró hondamente y sacudió la cabeza como si esperase que con eso todas esas emociones negativas se marcharan. No tenía tiempo de pensar en todo eso ahora. Tenía que abrir un regalo.

Dentro encontró un sobrecito y algo pequeño con forma de cilindro, envuelto con papel de seda violeta. Jessica lo abrió enseguida. Al principio pensó que era una barra de labios, pero luego se dio cuenta de lo que era el pequeño objeto y se rio en voz alta. Jessica abrió el sobrecito y leyó:

Todas las mujeres necesitan un buen vibrador. Espero que esto te ayude a relajarte estas Navidades. De un admirador secreto.

Con una sonrisa en los labios, agarró el vibrador y lo encendió. El vibrador le hizo cosquillas en la punta de los dedos y le puso la piel de gallina. Era mucho mejor que el viejo consolador gastado que tenía desde hacía años. Este era resistente al agua y tenía diez marchas distintas.

De repente, le surgió una sensación extraña en el estómago. Jessica notó cómo sus abdominales y los músculos de su vagina se tensaban y se relajaban. Era una sensación cálida y palpitante. Se deslizó la barra de labios vibrante entre las piernas y la colocó encima del pijama de franela suave que le cubría el clítoris.

Las vibraciones hicieron que soltase un grito ahogado. Hacía tiempo que no se masturbaba y se había olvidado de lo agradable que era.

Se reclinó en el sofá y las vibraciones le recorrieron todo el cuerpo. Bamboleó las caderas y se vio invadida por un gran deseo. Sabía que estaba cerca. Con un sencillo clic, aumentó la intensidad de las vibraciones hasta que fue casi doloroso. Notaba su sexo pegajoso contra los pantalones del pijama y la franela le rozaba el clítoris hinchado de un modo agradable. Las vibraciones hicieron que le temblara todo el cuerpo: dobló las piernas, enroscó los dedos de los pies y se dejó llevar por el orgasmo.

Cuando terminó, se quedó tumbada un rato, jadeando en el sofá. No tenía ni idea de quién era su admirador secreto, pero, ahora mismo, le importaba un comino. Por primera vez en muchísimo tiempo, se sintió totalmente relajada.

El lunes por la mañana, que era el 3 de diciembre, abrió el tercer regalo. El día anterior, el regalo de navidad había sido un lubricante. Jessica se había sentido algo decepcionada, no solo porque el segundo regalo dejaba claro que todos tenían que ver con el sexo, sino también porque no necesitaba lubricante. En su mundo, el lubricante era para las personas a las que les costaba ponerse húmedas y para ella eso nunca había sido un problema. Así pues, no estaba tan emocionada cuando abrió el tercer regalo.

Incluso leyó la nota del sobrecito antes de quitarle el papel de envolver al pequeño objeto pesado.

El lubricante es el mejor amigo del trasero. Empapa esto con una gruesa capa de lubricante antes de metértelo en ese culo precioso. Espero que lo lleves en la oficina hoy. De tu admirador.

Jessica abrió el regalo y vio un pequeño dilatador anal. Era de metal, con un corazón rojo de diamante en la base, y pesaba bastante. El metal estaba frío en la cálida palma de su mano y cuando pensó en lo frío que lo notaría en el culo, se sonrojó. La idea de ir a trabajar con esa cosa dentro de ella la excitó. Lo sentirá todo el día, pero nadie sabría que andaba por la oficina con un dilatador anal.

«Ni pensarlo, no puedo hacerlo», se dijo. Todavía no tenía ni idea de quién le había mandado todos los regalos. Podía ser cualquiera. Jessica tenía una pequeña lista de todos los hombres con los que se había acostado de vez en cuando. ¿Tal vez uno de ellos se sentía más generoso de lo habitual estas navidades? Pero no tenía ni idea de cuál de esos hombres podía ser. Ni siquiera estaba del todo segura de que fuese uno de ellos, pero pensar que el admirador era alguien a quien al menos conocía la tranquilizaba.

El dilatador anal le pareció brillante y bonito mientras lo sostenía en la mano. Estaba intrigada, debía admitirlo. ¿Tal vez debía hacerlo? Todavía era temprano; al menos podía probarlo antes de irse a trabajar.

Cuando se levantó la falda por encima de las nalgas y se quitó las bragas, se dio cuenta de lo mojada que estaba. Solo pensar en ese nuevo juguete y la orden dominante que vino con él había hecho que se humedeciese.

Con los dedos cubiertos de lubricante, empezó a realizar círculos por su ano. Cuando se deslizó la punta del dedo en su culo tenso, gimió. Jessica se introdujo el dedo con más y más profundidad antes de volver a sacarlo despacio. Nunca había experimentado nada parecido. Se sintió pícara, casi sucia, mientras la invadía una ola de placer. Empezó a sentirse cada vez más cachonda.

Jessica se separó las nalgas con una mano y se acercó el dilatador al ano con la otra. El acero frío contra su cálido agujero le dio escalofríos. Se deslizó la parte superior hacia dentro. Cuando la parte más ancha del dilatador anal desapareció dentro de ella, sintió cómo sus músculos lo apretaban antes de sucumbir y acomodarlo en su tenso trasero.

La sensación de que la penetraran desde atrás era tan agradable que quería agarrar el vibrador y correrse. Pero era tarde y tenía que irse a trabajar. El orgasmo tendría que esperar.

Con los zapatos de tacón puestos, Jessica anduvo por la ciudad. Los movimientos del dilatador anal dentro de ella mientras caminaba hacían que se sintiese algo mareada y que se le acelerase el corazón. Cuando llegó al trabajo y se miró al espejo, se horrorizó al verse ruborizada en su reflejo. Era obvio que había algo distinto en ella. De repente, Carolina apareció detrás de ella.

—¡Vaya, qué ruborizada estás! ¿Acaso estás pensando en esa cita tan apasionada que tuviste? —le dio un codazo a Jessica y le susurró—: En serio, Jessica. ¡Quiero que me lo cuentes todo, sin escatimar los detalles picantes!

El jefe de Jessica la salvó de la conversación al anunciar que iban a tener una reunión durante el desayuno. Sonrió y se dio prisa en tomar asiento en la sala de conferencias, que estaba decorada con varios adornos navideños baratos. La mayoría de sus compañeros de trabajo ya estaban allí y aguardaban en silencio que empezase la reunión. Jessica se preguntó si todos podían oír cómo le latía el corazón o si podían adivinar por el modo en que caminaba que había algo fuera de lugar. Roberto la miraba y parecía que sospechase algo. Casi como si lo supiese o como si pudiese notar lo cachonda que estaba.

Tomó asiento torpemente y sintió una ola de placer cuando el dilatador se le introdujo más hondo a raíz del peso de su cuerpo al sentarse en la silla. Emitió un ligero gemidito sin querer, pero su jefe había empezado a hablar así que estaba segura de que nadie la había oído.

El joven asistente, el chico de los cafés, pasó por la mesa entregando a todo el mundo su café. A continuación, salió de la habitación y pudieron empezar la reunión de verdad, así como el resto del día.

Varias horas más tarde, cuando Jessica abrió la puerta de su apartamento, casi no podía tenerse en pie de lo mucho que le temblaban las piernas. En varias ocasiones ese día había estado segura de que había goteado literalmente o de que había empapado la parte trasera de su falda. Ahora tenía las bragas mojadísimas y la vagina tan hinchada que el más mínimo movimiento hacía que jadease.

Cuando cerró la puerta tras ella, se dirigió al dormitorio rápidamente. Ni siquiera se molestó en cerrar las cortinas o quitarse la ropa. Se bajó las bragas y se sentó en el borde de la cama. Respiró hondamente, fervorosa. Se le tensó el ano alrededor del dilatador anal mientras agarraba el vibrador que tenía en la mesita de noche y supo que iba a llegar al orgasmo muy pronto.

Se sentó frente a un espejo de cuerpo entero y pudo ver cómo se abría de piernas bajo su falda. Tenía el coño hinchado, rojo y empapado tras haberse sometido a un día entero de preliminares y nunca había estado tan lista para llegar a su clímax.

Vio cómo se le tensaba el cuerpo entero a medida que se colocaba el vibrador contra el clítoris. Lo retiró rápidamente y respiró hondo para evitar correrse enseguida. Lo intentó de nuevo y gozó de la primera ola de placer que la recorrió.

Empezó a mover las caderas. Quería correrse con las vibraciones. Con los ojos cerrados y la boca en forma de O perfecta, inclinó la cabeza hacia atrás y se restregó contra el vibrador. Notó como si se le moviese el dilatador anal y cuando flexionó los muslos y los abdominales, casi pensó que se le saldría el objeto plateado y brillante del culo. Colocó dos dedos en el dilatador y lo metió más hondo mientras se preparaba para el gran final.

Jessica subió la intensidad del vibrador al nivel más alto y el sonido que emitió la sorprendió. Se centró en la presión que le hacía el dilatador al tiempo que su cuerpo intentaba librarse de él. Pensó en las vibraciones intensas contra su clítoris y en su admirador secreto, que sabía exactamente lo que Jessica hacía.

Entre gritos, embestidas y calambres, se dejó llevar por un orgasmo, seguido de otro. Rápido e intenso, justo como le gustaban.

Jessica se dio cuenta de que ahora sus días estaban estructurados de un modo distinto. En vez de despertarse, tomarse una taza de café y luego irse corriendo al trabajo, ahora se levantaba más temprano que nunca. Cada mañana, empezaba el día dándose un orgasmo con la ayuda de sus juguetes. Luego salía de la cama y disfrutaba de un largo desayuno frente al televisor antes de abrir el regalo del día. Ahora seguía su rutina matutina como si fuese sagrada. Cada noche se entusiasmaba pensando en qué abriría al día siguiente.

La emoción y la magia que sentía al recibir regalos de un admirador secreto le habían iluminado el oscuro diciembre y la habían transformado: le habían devuelto una vieja y casi olvidada alegría navideña que ahora reinaba en su vida. La última vez que fue a comprar, incluso metió una caja de bombones de Navidad en el carrito. Una parte de ella se exasperaba ante todo esto y le recordaba que las Navidades eran una época capitalista inventada por el sector minorista para lograr que la gente se gastara más dinero. Pero otra parte de ella se acordaba de las Navidades de su niñez y las echaba de menos; las Navidades que había pasado con su familia antes de que fuese demasiado palpable lo decepcionados que estaban con las decisiones que había tomado en la vida. Antes de que decidiese que nunca volvería a celebrar la Navidad.

A medida que se acercaba Navidad, el montón de regalos se encogió al tiempo que la pila de juguetes sexuales que Jessica guardaba en la mesita de noche crecía. Ahora tenía pinzas para los pezones, un vibrador punto G, un espray que se suponía que estimulaba los orgasmos, lencería sexy, bolas chinas, barra de labios de color rojo y pilas para todos los nuevos juguetes con vibración.

Jessica se había dejado llevar por el jueguecito creado por su admirador secreto y seguía todas las instrucciones que recibía en las notas. Saber que había alguien por ahí que sabía exactamente lo que se hacía a ella misma y a su cuerpo cada día la excitaba. Le encantaba la intimidad que tenía con esta persona desconocida.

No había dudado ni una vez en dejarse llevar por completo por la aventura que traía consigo cada nuevo regalo hasta que abrió el número doce. Era una invitación a la fiesta anual de Navidad del trabajo. Jessica no sabía cómo reaccionar y leyó la tarjeta detenidamente. Sí, era una invitación de verdad. Carolina había hecho las tarjetas y Jessica sabía perfectamente qué aspecto tenían, ya que Carolina no había dejado de hablar de la fiesta desde hacía semanas. Había intentado convencer a Jessica de que viniera con todas sus fuerzas, pero Jessica le había repetido que no una y otra vez. Comprar una caja de bombones navideños era una cosa, pero ir a una fiesta de Navidad era algo totalmente distinto.

Lo que la confundía de verdad es que nadie tenía acceso a esas invitaciones, aparte de quienes trabajaban en el periódico. Hasta ahora, había estado bastante segura de que había sido uno de sus follamigos quien le había mandado los regalos y de que le iba a enviar un mensaje en cualquier momento. Al abrir este regalo, se dio cuenta de que tenía que ser alguien de la oficina.

La nota junto al regalo era sucinta:

Nos vemos mañana en la fiesta de Navidad.

Ese día, Jessica trabajó parte de la mañana desde casa y el resto desde un barrio residencial a las afueras de la ciudad donde entrevistó a los vecinos sobre el nuevo precio de los billetes de tren. Se mantuvo ocupada e intentó no pensar en la fiesta de Navidad y en que quizás se encontrase con la persona que había sido un completo desconocido hasta ahora. Al día siguiente, decidió seguir evitando la oficina. Necesitaba algún tiempo a solas para intentar resolver qué hacer con este asunto.

La ciudad se sumió en la oscuridad y los nervios de Jessica se intensificaron más y más a medida que se acercaba la fiesta de Navidad. Todavía no estaba segura de si quería ir o no.

Una vocecilla interior le dijo que era evidente quién era su admirador secreto y, cuanto más pensaba en ello, más segura estaba. En honor a la verdad, se había acostado con él una vez. Y él había estado actuando de una manera muy extraña últimamente, echándole miraditas raras y observándola.

Jessica se apoyó la frente en la mano y soltó un suspiro. Tendría que ir a la dichosa fiesta y hacerle frente. No podían seguir con esta farsa, no después de que ella le hubiese repetido una y otra vez que no estaba interesada en él. Jessica sabía lo que tenía que hacer.

Entró en la oficina con tacones y vio que esa noche estaba decorada incluso con más luces navideñas de las habituales. Una música festiva resonaba por todo el edificio y el aire olía a jengibre y champán.

Jessica llevaba puesto el regalo que había abierto esa misma mañana: un vestido de color rojo muy ceñido y con un gran escote. El vestido le sentaba bien y solo tenía que llevarlo puesto, aunque no quería alentar al hombre que creía que se lo había comprado. Jessica se enamoró del vestido en cuanto lo vio.

No le resultó difícil encontrar a Roberto en medio de la habitación llena de sus compañeros de trabajo con dos copas de más. Todos estaban allí: su jefe, el de la limpieza, todo el personal de la oficina, el chico de los cafés y el señor mayor que se ocupaba de las fotocopiadoras. Roberto le sacaba una cabeza al resto y llevaba un sombrero de Papá Noel sobre sus rizos rubios.

Mientras lo observaba, Jessica pensó que Roberto no tenía nada de malo: era guapo e incluso mono de un modo peculiar. Era como un yerno perfecto: tan lindo y atento y… aburrido. Eso es lo que la molestaba y también era la razón por la que a Jessica le costaba creer que él estaba detrás del calendario de Adviento. Se había acostado con él una vez y fue el peor sexo que había tenido en su vida. Había sido de todo menos experimental. ¿Pero tal vez había cambiado?

Sus miradas se cruzaron a través de la habitación y Roberto le sonrió mientras se sonrojaba ligeramente. Levantó la mano embarazosamente y la saludó. Se le aceleró el corazón mientras respiraba hondo y empezó a andar hacia él.

—¡Hola, Jessica! Me alegro de verte por aquí —dijo mientras se ponía todavía más colorado. Era evidente que estaba pensando en la fiesta del año pasado y en cómo había terminado. Tal vez esperaba que fuese a haber una segunda parte.

Jessica no tenía ni idea de cómo podía descubrir el pastel sin que la cosa se pusiera incómoda. Volvió a respirar hondo y dijo con toda la calma que pudo reunir:

—Solo he venido para darte las gracias por todos los regalos y pedirte que pares. Te he dicho que no siento nada por ti y la cosa está empezando a ponerse demasiado rara —la sonrisa de Roberto desapareció para dar lugar a una mirada perpleja—. Déjalo ya, Roberto —prosiguió algo mosqueada—. Sé que eres quien me envió ese calendario de Adviento.

Jessica se recorrió el cabello con los dedos y soltó un suspiro para mostrarle que no le agradaba su iniciativa.

—¿Un calendario de Adviento? —balbuceó Roberto tras unos instantes.

—¡Sí, el calendario de Adviento! El vibrador, este vestido… —se inclinó hacia él y le susurró—: El dilatador anal que me pediste que llevase a la oficina…

Roberto arqueó las cejas y pareció que iba a decir algo justo cuando Jessica notó que le vibraba el teléfono en el bolso. Levantó la mano para indicarle que no hablase y se sacó el teléfono para mirarlo. Roberto se quedó delante de ella, con una expresión de confusión y perplejidad total y la boca abierta de un modo muy poco atractivo. Jessica leyó el mensaje:

Sabía que ibas a sospechar del pobre Roberto, pero no es tan sencillo. Rebusca un poco más; demuéstrame lo buena periodista que eres.

Jessica se quedó de piedra al leer el mensaje. Alzó la vista y vio el rostro estupefacto de Roberto. «¡Joder! ¡Joder, joder, joder!», pensó. ¿Por qué le había dicho lo del dilatador anal? Ahora iba a pensarse que era una viciosa del sexo. Le empezó a dar vueltas la cabeza y Jessica se imaginó a su jefe llamándola al despacho el lunes para hablar del acoso sexual en el trabajo. Presa del pánico, empezó a reírse a carcajadas histéricas.

—¡Inocente! —gritó y le dio un golpe en el brazo con un poco más de fuerza de lo necesario, lo que hizo que se derramara algo del ponche navideño barato en sus zapatos de cuero negro.

—Mmm… ¿Vale? —respondió y movió la pierna para deshacerse del ponche dulce. Jessica se dio la vuelta, se fue corriendo al baño y se encerró en uno de los cubículos.

Sentada en el retrete, leyó el mensaje una y otra vez. Era de un número desconocido. Totalmente anónimo. Jessica había estado tan segura de que era Roberto cuando lo había visto… Pero, si no era Roberto, entonces, ¿quién podía ser? La cabeza le daba vueltas invadida por los remordimientos, nervios y curiosidad.

Al cabo de un rato, Jessica logró recomponerse. Se puso la barra de labios roja del calendario y decidió volver a la fiesta y disculparse con Roberto. ¿Tal vez podría echar la culpa a las copas de más y decir que se sentía sola? O podría decirle que se había puesto nerviosa al verle por lo que había pasado el año anterior.

Justo cuando Jessica se había decidido a acercarse a Roberto de nuevo, vio a Carolina. Estaba ocupada mirando el teléfono al otro lado de la habitación. Jessica decidió ir a hablar con su compañera sobre lo que acababa de pasar y pedirle que le diese su opinión como mujer. Quizás Carolina sabría qué hacer.

Justo cuando Carolina alzó la mirada, el teléfono de Jessica vibró. Jessica lo sacó del bolso y leyó el mensaje rápidamente, que hizo que se le helara la sangre.

Estás muy sexy con los labios pintados así de rojo.

Jessica miró a Carolina y le sonrió antes de darse la vuelta y abandonar la sala. Jessica oía cómo le latía el corazón por encima de la música navideña. No se le había pasado por la cabeza ni por un segundo que su admirador secreto, su «amigo invisible», pudiese ser una mujer. Ni que esa mujer pudiese ser la compañera de trabajo con la que se llevaba mejor y que lo sabía todo acerca de su vida privada y encuentros sexuales. Su Carolina. Eso lo cambiaba todo.

Así pues, se marchó de la fiesta temprano. Tras haberse humillado por completo ante Roberto y haber pillado a Carolina in fraganti enviándole un mensaje subido de tono, se había bebido tres copas de champán del tirón demasiado rápido. Luego se había comido varias galletitas de jengibre y bailado un poco antes de, segundos más tarde, encontrarse en el frío suelo del baño, vomitando su espíritu navideño por el retrete. Que le den a lo de «feliz navidad».

Hoy había muchos motivos por los que la cabeza le daba vueltas. Jessica no había hablado con Carolina todavía; no había querido ni imaginarse la conversación y no sabía qué diría ni cómo lo diría. «¿Gracias, pero no, gracias?». ¿De qué modo puedes decirle a una amiga y compañera de trabajo que te halaga, pero que no estás interesada, sin arruinar tu amistad para siempre?

Decidió lidiar con la situación antes de siquiera abrir su próximo regalo. Abrió el mensaje que había recibido del número desconocido y empezó a escribir: «Carolina, tenemos que hablar. Sé que eres tú, te vi ayer». Antes de que pudiese cambiar de idea, le dio al botón de «enviar» y activó la pantalla de bloqueo del teléfono. Lo dejó encima de la mesa delante de ella.

A Jessica la carcomían los nervios y no podía concentrarse.

Entonces, recibió un mensaje seguido de otro un segundo después. Jessica se echó sobre el teléfono. Miró ambos mensajes, uno del admirador y el otro de... ¡Carolina! Jessica se quedó de piedra mirando la pantalla y, luego, abrió el mensaje de Carolina.

¡Hola, Jess! ¡Deberías haberme dicho que vendrías a la fiesta ayer! Así no habría aceptado una cita ayer por la noche... Perdona por haberme ido de repente así, tenía un Uber esperándome fuera. ¿Qué tal fue la fiesta? ¿Terminaste llevándote a alguien (Roberto) a casa? ;)

Jessica pasó al otro mensaje y leyó:

Te equivocas de nuevo. Es obvio que todavía no has abierto el regalo de hoy... Tras tu noche loca seguro que necesitas relajarte. Abre el regalo, úsalo y dame las gracias después.

Tenía el regalo cilíndrico en el regazo, envuelto con el mismo papel navideño y lazo rojo que el resto de los regalos. Jessica tenía la cabeza como un bombo y ya no sabía qué pensar. Solo sabía que le había aliviado saber que no era Carolina y todavía más no haberle hecho frente del mismo modo que a Roberto.

En vez de abrir el regalo, decidió llamar a Carolina e invitarla a su casa. Jessica sentía que tenía que contarle a alguien lo que le había estado pasando en las últimas semanas y Carolina era sin duda alguna la persona idónea para ello.

Pocas horas más tarde, alguien llamó a la puerta de Jessica. Tras contarle a Carolina todo y enseñarle su impresionante colección de juguetes sexuales, compartieron una botella de vino y Jessica empezó a sentirse mucho mejor. Se dio cuenta de que estaba agradecida por el calendario de Adviento y por el placer y emoción que le había brindado. Le había cambiado la rutina muchísimo de una forma positiva.

Estaban sentadas en el sofá, buscando algo para ver en la televisión cuando Carolina se dio cuenta de que en uno de los canales ponían El Grinch. Se incorporó en el asiento y dijo:

—¡Esta es tu película, Jessica! ¡Veámosla! ¿Por favor? —hizo morritos e intentó que Jessica accediese a ver la peliculita.

—¿Qué quieres decir con que es mi película? —se rio Jessica y le dio un sorbo a su copa de vino.

—Bueno, es que os parecéis mucho, el Grinch y tú. Si te hubiesen dado la oportunidad de robar la Navidad, lo habrías hecho hace tiempo y nos habrías obligado al resto a tener que aguantar todo el invierno sin un villancico.

Carolina estaba de broma, pero algo en su voz le dijo a Jessica que había una parte de verdad en sus palabras. Se sentaron allí en silencio un rato y, para su sorpresa, a Jessica le terminó gustando ver la película de Navidad con Carolina. Volvió a sentir una añoranza hogareña de su infancia.

—No se lo cuentes a nadie… —le susurró Jessica de repente a Carolina, que se dio la vuelta para mirarla—. Lo que voy a decirte ahora podría dañar mi reputación como el Grinch —continuó Jessica y se rio—. Últimamente me está gustando la Navidad cada vez más. No sé si es porque me estoy volviendo vieja y sensiblera o si tiene que ver con el calendario de Adviento, pero empiezo a volver a sentir la magia navideña que sentía cuando era niña. Tenía planeado quedarme en casa y trabajar durante toda la Navidad, pero saber que alguien por ahí ha hecho todo esto por mí ha hecho que ya no me apetezca estar sola. Y definitivamente no me apetece trabajar.

Hasta que no lo había expresado en voz alta, Jessica no se había dado cuenta de lo que sentía. Su admirador secreto le había dado mucho más que un montón de regalos: le había devuelto la magia de la Navidad. La Navidad a solas que había planeado no la atraía lo más mínimo ahora. En vez de eso, le apetecía ponerse en contacto con su madre y autoinvitarse a la cena de Navidad.

—Vale, es oficial: ¡retiro lo que he dicho sobre el Grinch! —sonrió Carolina y le brillaron los ojos—. Te dije que no importaba quién fuese o que nunca lo descubrieras. Ha logrado lo imposible: ¡ha hecho que vuelvas a enamorarte de la Navidad! Así que creo que deberías ir al baño con tu nuevo amiguito de aquí —dijo, agarrando el regalo del día (un consolador realista con una ventosa en la base) y sacudiéndolo delante de Jessica— e irte a dar una larga ducha caliente. ¡Y luego le escribirás un mensaje y le agradecerás el polvo!

Jessica se ahogó con el vino y empezó a toser mientras Carolina sonreía y le pasaba el consolador

—¡Venga! Yo iba a irme a casa de todos modos y sé que tienes curiosidad. Sé que yo la tendría. ¡Tómalo!

Jessica suspiró y empezó a notar un hormigueo en el estómago. Tomó el consolador, que tenía una forma atractiva y era una réplica exacta del miembro de su admirador secreto.

Los días pasaron volando. Jessica abrió sus regalos de Navidad y los utilizó todos: las bolas anales, la tarjeta de regalo para el balneario de la ciudad, el látigo de cuero y el estimulador del clítoris.

La Navidad se acercaba al fin y solo quedaba un sobrecito de lo que antes había sido un enorme montón de regalos. Jessica pensó que probablemente sería otra tarjeta de regalo, tal vez para algún tipo de tratamiento de belleza. Casi había abandonado toda esperanza de saber quién era su admirador secreto: era obvio que él no quería que ella lo supiese y Jessica podía vivir con eso. De un modo, eso era lo que hacía al calendario incluso más excitante, prohibido y sexy.

Pero en vez de otra tarjeta de regalo, sacó una nota doblada del sobre. Jessica la desdobló cuidadosamente y leyó que en ella ponía la dirección a su oficina junto a una hora concreta; nada más.

El sonido de sus tacones resonaba en la oficina vacía mientras andaba por ella. El edificio estaba sumido en la oscuridad, excepto por las luces de Navidad. Estaba todo tan en silencio que Jessica casi podía oír cómo le latía el corazón con nerviosismo en el pecho.

Entonces oyó un ruido, como si alguien se estuviese moviendo al otro lado de la habitación. Jessica se quedó de piedra y mantuvo la respiración. Una figura alta y oscura surgió de la sombra: alguien se dirigía hacia ella a pasos decididos. No sabía quién era él, podía ser cualquiera de los empleados del periódico: quizás era el jefe del departamento, un editor o un columnista.

Cuando la luz de una de las lámparas de la ventana iluminó el rostro del desconocido, Jessica soltó un grito ahogado. Una barba incipiente le cubría el mentón marcado y al sonreír mostró su dentadura perfecta. Llevaba una camisa blanca arremangada que dejaba al descubierto sus brazos tatuados y Jessica se dio cuenta de quién era su admirador secreto. No le cabía duda.

—¿Sorprendida?

Tenía una voz grave. Probablemente nunca le había oído hablar antes. Ella nunca le había hablado y ni siquiera se había parado a mirarlo debidamente. Trabajaba como asistente en su oficina desde hacía años, pero para ella solo era el chico de los cafés. Había reparado en los tatuajes que tenía en los brazos mientras le servía el café, pero eso era todo. Ahora se daba cuenta de que había mucho más en él. Apenas era un par de años más joven que ella y estaba en forma y vestía bien. Tenía un rollo casi peligroso, como dominante, lo que la excitaba. Jessica empezó a morderse el labio inferior y notó cómo se le enfervorizaba el cuerpo bajo la mirada de él.

—No creo haberme presentado como es debido antes. Me llamo Diego.

Él sonrió y empezó a moverse hacia ella de nuevo, devorándola con la mirada, como si fuese un depredador ante su presa. Jessica estaba a punto de preguntarle por qué le había enviado el calendario precisamente a ella, habiendo muchas otras mujeres en la oficina, cuando él le rodeó el rostro con las manos y la besó.

Le introdujo la lengua en la boca y, tras sentir su calor y saborearlo, ella no pudo evitarlo y soltó un gemido de la excitación. Jessica aflojó el agarre de sus manos con las suyas y, apoyada contra la mesa, acomodó la lengua del joven más hondo en su boca.

Diego bajó las manos de las mejillas de Jessica hasta sus pechos y luego las posó en su cintura. La levantó y la sentó encima de la mesa sin despegar los labios de su boca. Jessica abrió las piernas para que él pudiese acercarse a ella incluso más. Notó su erección contra su vagina, tras varias capas de tejido. Estaba tan cerca y, aun así, tan lejos.

Jessica inclinó la cabeza hacia atrás y jadeó cuando él bajó los labios por su cuello y por encima de su clavícula y su barba incipiente le rozó la piel. Era una sensación muy agradable que hizo que le desease incluso más.

En la oscuridad, dejó que un hombre al que apenas conocía la desnudase. Él la exploró con los labios y sus grandes, cálidas y fuertes manos le enardecieron la piel. Cuando Jessica le quitó la ropa interior y finalmente descubrió su erecto miembro, estaba tan húmeda que se sintió como si esperar otro segundo fuese a acabar con ella. Anhelaba tenerlo dentro de ella.

Le clavó las uñas en esas firmes nalgas y lo acercó a ella. Cuando él le rozó el coño húmedo con la cabeza del pene, ella soltó un grito ahogado. Tenía los ojos oscuros y, cuando abrió la boca, hizo un sonido que casi fue un gruñido.

—Te deseo desde la primera vez que te vi.

Le agarró el cuello con la mano y, mirándola fijamente a los ojos, se deslizó dentro de ella acompañado por el sonido de sus ligeros gemidos. Empezó a follarla dura y rápidamente contra la mesa.

Un bolígrafo y varios papeles cayeron al suelo cuando Jessica se tumbó encima de la mesa. Lo rodeó con las piernas y le ayudó a adentrarse más hondo en ella.

—¿Te gusta mi polla? —jadeó entre embestidas. La respuesta de Jessica sonó más bien como un gemido. Que un desconocido se la follara en su oficina no era lo que había esperado del regalo número veinticuatro—. Di mi nombre —gruñó.

Una gota de sudor le cayó por la frente y aterrizó en el pezón de punta de ella. Jessica gimió bajo él y sintió cómo un orgasmo empezaba a tomar forma. La sensación se intensificó más y más, amenazando con llevársela como un tornado.

—¡Me... gusta... cómo me... follas... Diego!

Cuando Jessica se corrió, le temblaron las piernas, gimió muy alto y notó cómo su interior se contraía alrededor de la polla dura de Diego. Verla gozar de ese modo fue demasiado para él y eyaculó dentro de ella con un gruñido.

—¿Te apetece venir a mi casa?

Su aliento se convirtió en una neblina blanca en medio de la fría noche de diciembre. Los copos de nieve descendían a su alrededor elegantemente. Le apretó la mano a Jessica con fuerza y el calor que desprendía hizo que se sintiese a salvo y de maravilla.

Estaba relajada con él, como si pudiese ser ella misma por completo sin que le preocupase que fuese a hacer caso omiso de ella o dejar de gustarle. Se dio cuenta de que le gustaba a Diego a pesar de priorizar el trabajo por encima de todo o puede que ese fuese incluso el motivo por el que se había fijado en ella. Por primera vez desde hacía tiempo se atrevía a tener esperanzas: tal vez podía tener una carrera profesional y esa otra vida.

—Lo siento, he quedado para la cena de Navidad en casa de mis padres.

La respuesta de Jessica hizo que el rostro suave y esperanzado de Diego cambiase de golpe. Parecía que se le había caído el alma a los pies, pero intentó esconder su dolor tras una sonrisa. Era evidente que había esperado que hubiese más: nunca había tenido la intención de limitarse a acostarse con ella. Diego le soltó la mano y se alejó de ella un par de pasos.

—Gracias por esta noche, Jessica, y feliz Navidad —miró al suelo, se dio la vuelta y empezó a alejarse.

Jessica lo observó en silencio un par de segundos antes de gritar:

—Te enviaré un mensaje cuando llegue a casa esta noche. Algún lunático me ha enviado un montón de regalos de Navidad super raros y me iría bien que me ayudases a descifrar cómo funcionan, ¿si no tienes planes para luego?

Diego se detuvo. Cuando se volvió, la devoró con la mirada y ante su sonrisa, le empezó a palpitar el coño en las bragas húmedas. Lo deseaba de nuevo. Quería repetir una y otra vez.

—Nos vemos esta noche —dijo Diego y Jessica supo que esa sería la mejor Navidad de todas.

Un viaje apasionado

Las puertas del tren se cierran emitiendo un chillido y Julia se acomoda en su asiento. Por la ventana puede ver pasar los andenes repletos de gente dirigiéndose hacia la escuela o el trabajo. El vagón está vacío. Julia se alegra de no tener que compartir el estrecho espacio de los asientos con nadie. Tiene la boca seca. Cuando el tren sale de su ciudad natal, comienza a sentir el sudor bajo sus brazos. Respira una y otra vez mientras trata de concentrarse. Es el día D, el día de introducción en la Universidad de Växjö. No había estado antes en Växjö y mucho menos en su nueva universidad. Está muy nerviosa. ¿Ha tomado la decisión correcta? Sus padres no entendían por qué había elegido estudiar magisterio en Växjö, una ciudad a dos horas en tren desde casa, en lugar de hacerlo en Malmö, que solo estaba a 20 minutos. No tuvieron la más remota posibilidad de convencerla para que estudiara en la Universidad Kristianstad. Intentaron hacer todo lo posible para que cambiara de opinión, pero Julia se mantuvo firme. Sin embargo, ahora que se encuentra sentada en el tren comienza a dudar de su elección por primera vez. Todavía no sabe por qué eligió Växjö. Posiblemente tenga algo que ver con Anton. Todavía recuerda la tristeza que sentía cuando presentó la solicitud. Habían sido pareja desde la graduación y, cuatro años después, la dejó por una compañera de clase de la Universidad de Malmö. Con tal de no encontrárselos, eligió estudiar en Växjö. Seguramente allí no tendría que cruzarse con ellos. La Universidad de Kristianstad no estaba lo suficientemente lejos, por lo tanto, eligió Växjö. Se tranquiliza mentalmente. Le gusta demasiado su estudio en Lund como para mudarse. Hay que estar muy loca como para renunciar a un contrato de alquiler de protección oficial en Lund. Además, aunque esté lejos, el viaje se hace ameno. Está acostumbrada a viajar, incluso piensa que es relajante. Inhala profundamente y exhala lentamente. Rebusca en su bolso y encuentra algo que le aporta sensación de seguridad: la lectura.

Varias horas después, se sienta en el tren de regreso a casa. Por fin puede respirar tranquila. Una sonrisa se extiende por su rostro cuando piensa en el día que deja atrás. Se siente bien. Todas sus dudas han desaparecido. Es la educación de sus sueños. La universidad tiene buena pinta y su nueva clase parece un buen grupo de personas. Julia se siente aliviada y el tren sale de Växjö en dirección al sur.

Comienza a leer. Está tan concentrada en la lectura que no se da cuenta de que el tren sale de la provincia de Kronoberg y entra en Skåne. El tiempo flota en un flujo constante, pero lo único que aprecia es cómo avanza la historia. El tren se acerca a su parada cuando, de repente, levanta la mirada y se fija en los ojos oscuros de un extraño. Él le dirige una sonrisa y levanta la mano. Está leyendo el mismo libro que ella: *La luz que no puedes ver.* Julia le devuelve la sonrisa con timidez y comienza a sonrojarse. Está sentado a unos cuantos metros de ella. No puede evitar preguntarse cuánto tiempo habrá estado observándola.

Es mayor que ella, unos diez años mínimo. Lleva una camisa celeste ajustada, unos vaqueros oscuros y unos zapatos de cuero marrón. Le parece atractivo, pero continúa leyendo su novela, al menos eso intenta. Sigue pensando en sus ojos y la sensación de sentirse observada le hace perder la concentración. ¿Seguirá mirándola?

Cinco minutos después el tren llega a la estación de Lund y Julia no ha sido capaz de leer una sola palabra más de su novela. Por el rabillo del ojo, ve al hombre levantarse con sus pertenencias, pasa junto a ella y deja un rastro de perfume en el pasillo. Julia respira hondo antes de levantarse y se baja del tren.

Al llegar a casa deja caer su bolso en el pasillo y se tira en la cama con un fuerte suspiro. Ha sido un día largo, lleno de nuevas experiencias: nuevas caras, nombres que recordar, libros del curso que tendrá que buscar en la biblioteca y aulas que tendrá que encontrar en edificios desconocidos. A pesar de todo esto, hay algo que no puede borrar de su mente. Se imagina al hombre que estaba sentado frente a ella en el tren. Le sonreía y sus ojos oscuros la observaban con aprobación. Es como si pudiera oler su perfume cada vez que piensa en él. Julia cierra los ojos y sonríe sutilmente mientras comienza a fantasear.

Su mano baja hasta sus bragas e imagina al hombre levantándose del asiento, acercándose y sentándose junto a ella. Sin decir una palabra, pone su mano sobre su muslo y lo aprieta ligeramente. Sus manos son fuertes y varoniles. Son unas manos curtidas, con la cantidad justa de bello negro. Julia jadea al sentir que la toca y se apoya en el reposacabezas con los ojos cerrados.

El hombre coloca sus labios sobre su cuello y comienza a besarla cuidadosamente. La sensación de sus suaves labios contrasta con la barba áspera de su cuello. Su lengua se mueve desde el lóbulo de su oreja hasta su clavícula, lo cual la hace respirar profundamente con la boca abierta. El calor se extiende desde esa zona hasta su tren inferior, como si pasara por su abdomen para llegar a la entrepierna. Julia está con las piernas abiertas en el tren con la mano del desconocido bajando hacia su vagina.

Algo grande y duro sobresale por los vaqueros del desconocido. Julia coloca su mano sobre el bulto y nota el calor húmedo de su erección contra su palma. Puede sentir cómo empuja su mano, cómo se hincha. Al sentir su mano, el desconocido comienza a gemir contra su cuello y aumenta la presión sobre el muslo de Julia. Ambos se desean intensamente. A continuación, con un gesto sutil, gira su rostro hacia él y sus labios se besan, lo que hace que su columna vertebral reciba ondas de emoción. Separa sus labios mientras la mano va subiendo por su muslo para acabar en sus bragas húmedas y calientes. Pueden ver el mundo pasar por la ventana, pero no les importa. En este momento, lo único que importa es su mano en sus bragas, sus labios contra su carne ardiente y la sensación de su polla dura. Continúa frotando su clítoris hinchado y húmedo con dos dedos. Por un segundo, piensa que va a acabar mojada, pero la sensación se transforma en una ola de deseo, lo que hace que pierda el control y presione su pelvis hacia arriba para que sus dedos presionen aún más fuerte. Los gemidos aumentan y él trata de silenciarlos con sus labios, pero no puede. Aun así, nadie puede verlos ni oírlos. Son las únicas dos personas que hay en el mundo.

Una descarga eléctrica atraviesa el cuerpo de Julia cuando el hombre aprieta su pulgar contra su clítoris y comienza a frotarlo bruscamente. Ella gime y lucha contra el orgasmo. No puede correrse allí, pero tampoco quiere dejar de sentir esa sensación. Intenta escapar de su agarre, pero él la abraza con fuerza y sigue frotando su pulgar contra su clítoris húmedo y sensible, lo que hace que el orgasmo se acerque con rapidez. Es inevitable. La besa bruscamente y mete su lengua dentro de su boca, una sensación que la lleva al límite y la hace gemir en su boca mientras sus caderas se mueven contra su mano.

Julia abre los ojos y la fantasía se acaba. Vuelve a estar en su apartamento en Lund, su hogar. Su respiración es rápida y tensa. Su cuerpo tiembla ligeramente debido al esfuerzo. Cuando saca las manos de las bragas, se da cuenta de lo mojada que está. Sus dedos están empapados del flujo transparente de su vagina, sus bragas están pegadas a su coño palpitante. La sensación es incómoda, pero muy satisfactoria. Su clítoris hinchado y sobreestimulado se frota contra sus bragas, lo que hace que vuelva a jadear. Gime en voz alta y se tapa la cara con la mano que tiene seca. No sabe qué le ocurre. Ha visto a un hombre atractivo en el tren y no es capaz de reprimir sus ganas de masturbarse ni sus pensamientos. Reza en silencio con las mejillas sonrojadas para no volverse a encontrar con él a la mañana siguiente.

Julia apenas le da vueltas a lo ocurrido el día anterior. Se sube al tren y se sienta en el mismo asiento. Está un poco nerviosa, es su primer día en la universidad. Su mochila pesa, está repleta de cosas: portátil, bolígrafo, papeles, libros de texto, etc. Piensa que será un gran día.

Es muy temprano para leer, por lo que Julia simplemente se recuesta en el cómodo y suave asiento del tren. De vez en cuando, toma un sorbo de la taza de café caliente que compró con un descuento de estudiantes para despertarse lentamente.

El vagón todavía está vacío cuando el tren sale de la estación. El hecho de que no esté allí debería ser un alivio, pero en cambio la decepciona. Julia suspira y centra su atención en las casas y los paisajes que pasan volando por la ventana. Apenas presta atención a las personas que caminan por el vagón y se sientan. ¿Qué creía que iba a ocurrir? Su romanticismo le había propiciado falsas esperanzas. Comienza a tener pensamientos obsesivos. Ve gente leyendo el mismo libro que ella y piensa que se trata del hombre desconocido.

Julia sabe que no debe obsesionarse con él, Anton le había enseñado que no debía ser así. Es por eso por lo que se enfada cuando comienza a sentir algún hilo de esperanza. Era pura coincidencia que ambos estuvieran leyendo el mismo libro en el mismo tren. Las posibilidades de que se volvieran a encontrar eran remotas, al menos eso es lo que ella quiere pensar. Piensa en cualquier cosa para detener sus estúpidos pensamientos.

Julia está a punto de quedarse dormida cuando siente que alguien pasa por el estrecho pasillo del tren. Una mano le acaricia el hombro, pero se retira antes de que se dé cuenta. Gira la cabeza y ve que una sombra oscura desaparece al instante. Por primera vez desde que salió el tren hace una hora de Lund, se fija en la gente que hay en el vagón. Hay mujeres y hombres de distintas edades, unos acompañados de sus hijos y otros no, pero todos con la misma expresión de haberse levantado temprano para ir a la escuela o al trabajo.

Fija su mirada en un asiento a pocos metros de distancia en el que ve una chaqueta y un vaso de papel de una cafetería. Es posible que la persona que ha pasado junto a ella se siente allí, pero niega con la cabeza y vuelve a mirar por la ventana. Seguramente la ha rozado accidentalmente. El tren es un poco estrecho después de todo.

Mientras piensa en leer un poco uno de sus libros de texto, una pequeña nota de papel cae en su regazo. Al principio, no sabe qué hacer. Cuando levanta la vista, ve a un hombre sentado en aquel asiento donde estaba la chaqueta y el vaso de café, pero antes de que el hombre se dé la vuelta, Julia vuelve a mirar hacia abajo. ¿Se le cayó la nota por accidente? ¿Debería acercarse a él y devolvérsela? Su curiosidad saca lo mejor de ella. Abre la nota cuidadosamente y lee: «¿Qué opinas del libro? Creo que es uno de mis favoritos».

El corazón de Julia comienza a latir más fuerte y rápido. La sangre de su cuerpo corre hacia su cabeza y hace que se maree. Levanta la mirada lentamente y lo ve sentado allí, mirándola con la misma sonrisa que ayer. Suelta una sonrisa ridícula con el rostro sonrojado. Ayer tuvo un sueño con él, pero era muy real, al igual que lo que está sucediendo ahora también lo es.

«Es increíble. Esta es la segunda vez que lo leo», escribe con letras pequeñas y ordenadas debajo de su mensaje. ¿Ahora qué? No puede acercarse a él, darle la nota, darse la vuelta y volver a su asiento. Sería muy raro. Julia lo mira sentada mientras toma un sorbo de café. Lo hace todo de una forma sensual. Está caliente y haría cualquier cosa por hacer realidad su fantasía del día anterior. Con ese pensamiento grabado en su mente, se muerde el labio y siente que la parte inferior de su abdomen se contrae. El calor se extiende cuando la sangre comienza a correr de forma desenfrenada. Se le está yendo de las manos.

El tren se detiene en la estación de Växjö y Julia se baja con las piernas temblorosas, después de haber dejado la nota arrugada en su asiento. Espera que vea la nota antes de salir a disfrutar de este soleado día de otoño.

La primera clase se hace extensa, lo que provoca que Julia se pierda en sus pensamientos y fantasías en varias ocasiones. Normalmente suele ser organizada y toma notas, pero hoy no puede concentrarse. Solo piensa en ese hombre alto, mayor que ella y con ojos oscuros. Piensa en su sonrisa, en sus manos tocando su libro favorito y en sus labios contra la taza de café.

—¿Qué te pasa? —pregunta durante el descanso Hanna, una de sus compañeras de clase—. Estás distraída hoy —continúa con tono preocupado.

Julia sonríe y pide dos tazas de café en la cafetería. Le entrega una de las tazas a Hanna y se sientan en una mesa al final del pasillo. Julia suspira notablemente, pero no puede evitar sonreír. ¿Debe contarle a Hanna que tiene una especie de romance secreto?

—No es nada, es un chico, o tal vez un hombre —las mejillas de Julia se sonrojan y Hanna se inclina con los ojos muy abiertos mostrando su evidente curiosidad.

—Cuéntame más —los ojos de Hanna brillan y Julia no puede reprimir la risita que sale de su boca.

A continuación, Julia comienza a contarle, en voz baja y susurrando, la historia sobre el desconocido del tren, aunque a veces suelta alguna risa nerviosa. Julia no puede dejar de sonreír y Hanna no puede dejar de suspirar.

—Vaya. Suena increíble. Parece una película.

Se arrepiente un poco de haberle contado la historia, pero tampoco le da mucha importancia. Cada palabra que salía de su boca hacía que la historia fuera más real todavía. Pasó de ser una fantasía a ser una persona real. Ya no estaba solo en su cabeza, sino que también conocía la historia su amiga, quien la intentaba convencer de que hablara con él para preguntarle su nombre y pedirle su número de teléfono. Sin embargo, no la convence, ya que lo más apasionante es que no conoce su nombre. No quiere saber si baja la tapa del váter o si es de esos hombres que dejan la ropa sucia en el suelo. En su cabeza es perfecto, así que no quiere reventar esa burbuja de ilusión imaginaria.

El resto de la semana pasa rápido, así como la semana siguiente. Julia espera con ansia los viajes en tren todos los días con una sensación de emoción y nerviosismo. Siempre se alegra cuando ve el cabello oscuro del desconocido sobre los asientos del vagón. Los días que no aparece son grises y parecen infinitos. Esos días extraña su amable mirada y sus amplias sonrisas.

Cada vez que se separan, cuenta las horas para poder volver a verlo. El desconocido ocupa gran parte de sus pensamientos y fantasías. No importa cuánto trate de resistirse, incluso sueña despierta con él, como si un sentimiento de esperanza creciera dentro de ella. No está enamorada, ni siquiera lo conoce. Está convencida de que él no piensa en ella de la misma manera. Además, también cree que tendrá familia. Su esposa y sus hijos lo esperarán en la puerta con abrazos y risas todos los días. Las horas que pasa en el tren sonriendo a una extraña y dejándole notas solo forman parte de un simple coqueteo. Solo quiere sentirse joven otra vez y comprobar si es capaz de hacer que una jovencita se enamore de él, a pesar de sus canas. Es evidente que lo está consiguiendo, al menos eso piensa Julia.

Debería ser más precavida en lugar de dejarse llevar y hacerse ilusiones, pero no puede parar. Todos los días, cuando llega a casa, se toca imaginando sus labios acercándose a ella. Finge que su vagina se aprieta alrededor de él, que sus manos la acarician y la mojan. También siente que su lengua y sus labios la hacen gemir una y otra vez.

Está sentado en el tren leyendo una revista y, por primera vez, no se da cuenta de que ella sube al tren y se sienta en su asiento de siempre. Hoy no está atento. Seguramente esté leyendo un artículo muy interesante porque está profundamente concentrado, por no hablar de lo atractivo que le parece a Julia.

Dobla la revista y la deja sobre la mesa plegable frente a él. Echa un vistazo rápido a su reloj y se incorpora. Ahí es cuando se cruzan las miradas. Por primera vez es él quien se sonroja y no Julia. Se da cuenta de que, seguramente, lleve bastante tiempo ahí sentada observándolo. La incomodidad y la inseguridad que siente hacen que su corazón se encoja. Además de atractivo, en algún lugar de su interior es blando.

Sin embargo, la debilidad fue momentánea, desapareció al momento. Se siente seguro de nuevo y una amplia sonrisa se extiende por su rostro. Sus ojos se entrecierran y casi puede escucharlo reír y susurrar: «Me has pillado».

La sensación de hormigueo hace que se sienta mojada al instante. Aprieta sus muslos rápidamente para poder ocultarlo, pero él observa su pequeño movimiento de piernas. Levanta una ceja, su mirada se profundiza y su sonrisa se agranda. Él lo nota.

Julia se muerde el labio y trata de pensar en algo que apague su deseo, cualquier cosa que la haga escapar de ese hormigueo, pero no puede esperar a llegar a casa, quiere correrse de inmediato. Quiere hacerlo estando él cerca.

Con las mejillas sonrojadas, decide que es hora de vengarse. No sabe qué hacer, pero lo ve tan tranquilo allí sentado que piensa en hacer algo que cambie la situación. Está muy cachonda. Saca el plátano que tenía guardado para la merienda en la mochila. Prefiere pasar hambre si con eso es capaz de hacerlo sentir de la misma manera que ella. Él parece divertirse y sonríe mientras ella pela el plátano, pero su gran sonrisa se derrite cuando sus labios se cierran alrededor de la punta del plátano. Con sus labios envueltos en la dulce fruta levanta la mirada y puede observar lo sorprendido que se encuentra el hombre desconocido. Abre la boca y se ríe por dentro al ver el efecto que tiene sobre él cuando introduce el plátano unos centímetros en su garganta. El plátano se desliza dentro de su boca, a lo largo de su lengua, para acabar en la parte posterior de su garganta. Ya no parece divertirse, ahora está asustado. Su mirada arde en la de él cuando comienza a sacar el plátano de sus labios. A pesar de que él está sentado a pocos metros de distancia, ella ve, incluso puede escuchar, cómo deja escapar un profundo suspiro. Hay algo salvaje en su expresión. Sus ojos oscuros están ardiendo, por no hablar del bulto que sobresale de sus vaqueros. Julia le lanza una sonrisa brillante y muerde el plátano antes de comenzar a mirar por la ventana, como si nada hubiera pasado.

El truco del plátano tiene el efecto deseado. El desconocido ahora se ve tan sexualmente frustrado como ella, justo lo que buscaba. Sin embargo, saber que su pene está duro no la calma. El deseo recorre todo su cuerpo a través de cada una de sus venas. Mira a su alrededor para localizar el baño más cercano. Tiene que pasar por delante de él para poder observar su pene y su mirada hambrienta antes de dirigirse hacia el baño, pero al pasar a escasos centímetros de él no sabe si podrá seguir caminando y resistirse al impulso de sentarse encima de él y frotar su culo y su vagina contra la dureza que sobresale de sus vaqueros.

Finalmente se levanta y logra tambalearse hasta la corta distancia que hay entre su asiento y el baño del tren. Cada vez se acerca más. Puede ver su pene sobresaliendo entre sus piernas. Le acaricia el brazo ligeramente con el dorso de su mano mientras se dirige hacia el baño y cuando llega, después de cerrar la puerta, respira profundamente.

Con los ojos cerrados y la cabeza inclinada hacia atrás, se desabrocha los pantalones ajustados y se pasa la mano por las bragas calientes y húmedas. Sus dedos tiemblan, pero finalmente encuentran su camino. Julia se apoya contra el lavabo. Sus dedos se deslizan hacia dentro y hacia fuera para comenzar a masturbarse. Está decidida a hacerlo, parece estar hipnotizada.

La palma de su mano roza bruscamente contra su clítoris húmedo y la hace temblar. Estaba a punto de correrse antes de entrar en el baño, pero ahora está a solo unos segundos de llegar al orgasmo. Jadea con la boca bien abierta. Se lo imagina encima de ella, dentro de ella, a su lado. El cuerpo de Julia se tensa y deja escapar un grito agudo de sus labios antes de gemir audiblemente y mover las caderas para encontrar los movimientos de sus dedos.

Cuando regresa tres minutos después, sin aliento y con las mejillas sonrosadas, observa que hay una nota en su asiento. La despliega cuidadosamente con los dedos con los que se había masturbado y lee: «Sé lo que acabas de hacer. Eres una niña traviesa».

Si a Julia le había costado mucho concentrarse en clase las últimas semanas, no fue nada comparado con su falta de concentración durante el resto del día. «Tenía que pasar hoy», piensa Julia mientras revisa sus notas por última vez antes de hacer el examen. Quedan quince minutos para empezar y no puede pensar en otra cosa que no sea él.

—Vale, cuéntamelo todo ahora mismo —le dice Hanna casi amenazándola.

No sabe si contarle que se ha masturbado en el tren y que le ha provocado una erección al hombre desconocido en cuestión de segundos. Julia le lanza una sonrisa avergonzada a su amiga y reflexiona sobre lo que debería contarle, si es que debe contarle algo. Desde que Julia le habló de él, Hanna, sin querer ofenderla, le pregunta todos los días por la situación y le exige que tome alguna medida al respecto. Julia está a punto de abrir la boca cuando el vigilante obliga a Hanna a volver a su asiento, una fila detrás de ella. Después de algunas miradas desesperadas de Hanna, Julia se da cuenta de que se ha salvado por los pelos, pero cuando llega el examen vuelve a dudar. No sabe si hacer el examen o contarle todo lo que ha pasado a Hanna. A pesar de las distracciones de los últimos meses, Julia consigue terminar el examen, incluso cree que le ha salido bien. Hanna es una de las primeras en salir de la sala, pero Julia se queda sentada revisando las preguntas y los errores tipográficos. Deja que pase el tiempo del examen y al salir de clase se alivia al ver que Hanna se ha cansado de esperar. En su teléfono tiene tres mensajes:

«Te estoy esperando fuera».

«Quiero saberlo todo, date prisa».

«Me he cansado de esperar. Sé puntual mañana. Quiero que me des hasta el más mínimo detalle mañana antes de empezar el nuevo curso ;)».

Julia suspira y vuelve a guardar el teléfono en el bolsillo. Se marcha de la escuela y se dirige a la estación de tren de Växjö para volver a casa. La primera parte del semestre ha terminado y mañana comenzará un nuevo curso. De repente se da cuenta de todo lo que ha conseguido: ha sobrevivido al primer mes de universidad en una nueva ciudad, ha hecho nuevos amigos y no ha pensado en su ex ni una sola vez desde que vio al desconocido del tren por primera vez. Se siente invencible cuando se sube al tren. Siente una sensación de coraje que le hace pensar que nada puede salir mal hoy. Julia no se preocupa cuando lo ve sentado allí. Es demasiado temprano. Nunca se ha preguntado en qué trabajará el desconocido. Se encoge de hombros y se sienta en su asiento habitual. Tal vez sea su día de suerte después de todo. La emoción que había sentido por la mañana vuelve. Los nervios del examen desaparecen, pero la tensión de estar cerca de alguien que le atrae tanto florece. Suspira en voz baja y sonríe. Él le devuelve la sonrisa desde lejos. Es evidente que él también está pensando en lo que ocurrió por la mañana: Julia apretando sus muslos, su pene erecto, el momento en que Julia se marchó al baño y salió con las mejillas sonrojadas, etc. Es posible que la oyera gemir. Julia se pregunta si él también se habrá masturbado al llegar al trabajo o en cualquier otra parte. Espera que así sea.

Julia celebra el fin de exámenes leyendo un libro que no estaba en el plan de estudios. Se hunde en el asiento, consciente de que la seguirá buscando con la mirada de vez en cuando, y se sumerge en el libro. No puede sentarse y mirarlo durante una hora y media, por mucho que lo desee. El sonido de las páginas del libro la relaja y, en unos instantes, se transporta a las Tierras Altas de Escocia con Claire y Jaime.

Julia tarda un tiempo en darse cuenta de que algo anda mal. Al principio, no se da cuenta de que el vagón deja de moverse y el mundo deja de correr por la ventana. No se da cuenta de lo que está sucediendo hasta que el conductor grita por el altavoz que el tren se ha detenido debido a una línea de contacto defectuosa y que permanecerán allí parados durante al menos una hora. Mira a su alrededor confundida. Las personas que se subieron al tren después de ella suspiran ruidosamente, algunos patalean con irritación y miran la hora, un grupo de personas comienza a llamar a sus familiares, amigos, incluso al trabajo. «Sí, otro fallo en el tren. Lo de siempre». Se hace el silencio. «Llegaré al menos una hora tarde, quizás dos horas».

Los ojos de Julia buscan los suyos. Él ya la está mirando y su mirada concentrada se suaviza en una sonrisa divertida. De repente se siente tímida. Está acostumbrada a pasar una hora y media cerca de él, como mucho, y suele funcionar. De repente, no sabe qué hacer. Oye la voz de Hanna dentro de su cabeza. «¡Habla con él! No puede ser tan difícil. Parece el hombre perfecto». Y no, en realidad no es tan difícil, pero un simple «hola» podría acabar con la magia.

Sin embargo, la situación parece diferente esta vez. Es como si él también lo sintiera. Puede que sea el coqueteo que tuvieron por la mañana o tal vez sea el hecho de que van a pasar una hora más juntos. La mira con curiosidad, aunque esa mirada se suele intercalar con sonrisas o largas pausas que se interrumpen por cualquier otro movimiento de ambos. Mantiene su mirada fija en ella. Siente que es una situación íntima. Todavía no la ha tocado, pero su corazón late con fuerza en su pecho y su respiración aumenta. Puede sentir que es una situación diferente a la habitual. Es evidente que algo sucederá, la pregunta es cuándo y dónde.

A veces, cuando Julia está muy, muy cachonda, necesita orinar. Se sienta en su asiento retorciéndose. Sus bragas están húmedas por segunda vez hoy y la tela se adhiere a su piel caliente. El problema es que el baño está cerca de él. Si se levanta, tendrá que pasar a su lado y, por alguna razón, sabe que eso lo cambiará todo. No sabe por qué razón, simplemente lo sabe. Puede que la salude cuando pase a su lado o quizás la tome en sus brazos y la bese. Tiene la vejiga tan llena que se lo va a hacer encima en cualquier momento. Necesita ir al baño. Julia se prepara y camina con determinación hacia el diminuto baño del tren sin apenas mirarlo. Cierra la puerta al entrar y se hunde en el inodoro. Vacía su vejiga emitiendo un sonido de alivio y exhala con una carcajada. Cuando caminaba hacia él se sentía feliz, pero, de repente, esa sensación se convirtió en algo parecido a la decepción. No sabe exactamente qué es lo que ha sentido. Se lava las manos y se mira en el espejo. Tiene las mejillas suaves y rosadas, el cabello rubio y polvoriento, los ojos azules y la nariz un poco aguileña. No es una modelo, pero es atractiva. Atractiva, pero con una apariencia extraña, no la apariencia clásica y perfecta. Es diferente. «Eres única», le decía una amiga de la infancia. Con esas palabras en mente, abre la puerta y se prepara para volver a su asiento y continuar con su coqueteo desvergonzado con el bombón misterioso.

Al abrir la puerta, se topa con el desconocido. Es alto, de cabello oscuro, con algunos mechones grises y ojos oscuros. Está cerca de ella, demasiado cerca. Ella abre la boca y jadea. Él cierra sus labios alrededor de los de ella y se tambalean hacia dentro del baño juntos. ¿Está soñando? La puerta se cierra y él la bloquea antes de terminar el beso. Sus manos deambulan una y otra vez desde sus mejillas hasta sus senos pasando por su cintura. Lleva a cabo todos sus movimientos con ansiedad. La besa y la toca como si hubiera estado esperando este momento durante mucho tiempo y no supiera por dónde empezar. Lo hace todo a la vez. Ella siente su erección presionando contra su cuerpo, lo que hace que el deseo se apodere de ella. También ha estado esperando este momento mucho tiempo. Ha fantaseado y soñado con él, pero ahora que todo es real, se da cuenta de que no se parece en nada a lo que había soñado. Este momento eclipsa todos y cada uno de los sueños que ha tenido.

Julia se arrodilla y le desabrocha el cinturón y la cremallera. Él parece feliz ante esta situación. Cuando aparece su pene erecto y ella lo agarra, sus ojos se oscurecen. Julia se lame los labios mientras mueve el prepucio hacia atrás para observar la punta hinchada de su pene. No tiene nada que ver con el plátano que se metió en la boca por la mañana. Cierra sus labios alrededor de la punta y hunde su pene en su boca. No sabe a nada, pero siente que tiene algo grande y caliente en su boca. Julia le oye gemir. Nunca ha escuchado su voz, pero este gemido ronco le hace sospechar que tiene una voz profunda y masculina, algo que le gusta bastante.

Le hace una felación en toda regla usando su mano, su lengua y sus labios al mismo tiempo. A continuación, gira su prepucio hacia atrás mientras sus labios siguen el movimiento, cerrándose alrededor de su pene. Su lengua agrega presión contra la punta y el frenillo. Su pene está mojado, por lo que es evidente el efecto que está teniendo sobre él. A Julia le excita enormemente sentir su pene en su boca y quiere que se corra dentro. Se lo imagina vaciando todo su semen en su boca, casi puede sentir el sabor salado. Intenta rematar la faena, pero él la detiene. Su boca se queda mojada y caliente. Un rastro de saliva cuelga entre su brillante pene y su labio inferior. Julia levanta la vista y sonríe con cuidado sin saber si ha hecho algo mal. Él parece estar desbocado. Se inclina bruscamente y la levanta sobre sus pies con las manos debajo de sus brazos. Le duele un poco cuando la presiona contra la pared y fuerza su lengua dentro de su boca. Casi le arranca los vaqueros y las bragas. Inserta dos dedos en su vagina, está empapada. Si no estuviera mojada, seguramente le habría dolido este movimiento, pero entran con facilidad. Julia gime al sentir que sus dedos se apartan y su gran pene se acerca a su vagina. La sensación al sentir que la penetra es indescriptible y la hace gemir en voz alta. El desconocido coloca su mano sobre su boca y la mira a los ojos con una expresión salvaje mientras comienza a empujar dentro y fuera rápidamente. Sus gemidos se ahogan en la palma de su mano. La sensación de sentirse penetrada una y otra vez hace que se maree. Su cuerpo se envuelve alrededor de él. Siente una contracción que atraviesa todo su cuerpo. Se corren simultáneamente, al igual que las falsas escenas de sexo de las películas. Algo inverosímil, pero increíble. Se abrazan silenciosamente con él todavía dentro de ella y permanecen así hasta que su respiración vuelve a la normalidad. A la mañana siguiente no lo ve en el tren. Julia está convencida de que el día anterior no ocurrió nada. La mancha de esperma en sus bragas le decía lo contrario cuando llegó a casa, pero ahora no puede pensar en eso. Él no está en el tren. Puede que esté decepcionado o puede que se haya sentado en otro vagón para no verla. Julia llega tarde. Se apresura un poco y se encuentra con Hanna irritada fuera del aula.

—Llegas tarde, Julia. La clase empieza en dos minutos.

—Ayer nos acostamos —dice sin pensar.

Ahora que ha ocurrido, quiere contárselo todo a Hanna. La expresión agria de Hanna se convierte en una expresión confusa para acabar en pura felicidad. Chilla de alegría y abraza a Julia. Por fin lo había hecho. Se había acostado con él.

—Hola, soy Peter y seré vuestro profesor para este curso. Es un curso de cinco créditos, pero es igual de importante que los demás.

Hanna y Julia escuchan la voz del profesor a través de la puerta, por lo que entran rápidamente y se sientan en la parte de atrás. Julia escucha a Hanna suspirar mientras saca su ordenador de la mochila.

—Vaya, ¡qué bombón! —susurra Hanna en voz baja.

Julia levanta la mirada y se congela. En la parte delantera, el desconocido del tren está de pie presentando el curso. Julia no sabe qué hacer. ¿Cómo es posible que sea él?

Sus ojos se encuentran, lo que hace que pierda la compostura. El desconocido, o mejor dicho Peter, se queda en silencio en mitad de una oración. Julia traga saliva una y otra vez, pero él rompe el contacto visual y sigue hablando. No puede escuchar una sola palabra.

—Ahora salgo. Tengo que preguntarle una cosa sobre el horario —Hanna asiente y deja a Julia sola en el aula. Al momento, Peter y Julia se quedan solos. Él está nervioso, de espaldas a una gran pila de papeles. Ella se acerca y él se da la vuelta sonriendo un poco avergonzado.

—Hola —su voz hace que note un sentimiento cálido. Él se aleja unos pasos, pero ella no quiere nada más que tocarlo como hizo el día anterior.

—Hola —responde Julia temiendo que su voz le falle.

—Hola… —comienza Peter, pero mira a su alrededor para asegurarse de que están solos en el aula—. El curso dura dos semanas. ¿Puedo ser tu profesor durante dos semanas? Me refiero a que… —sonríe de forma nerviosa y se pasa la mano por el pelo—. Me refiero a que no me gustaría que le contases nada a nadie. No quiero perder mi trabajo, pero me encantaría seguir viéndote. En privado, por supuesto.

Julia no sabe qué decir. Primero sacude la cabeza y luego asiente. Comienza a reírse de sí misma.

—No se lo diré a nadie —contesta. Le encanta su sonrisa. Se muere por besarlo.

—¿Qué te parece si nos tomamos un café dentro de dos semanas? —dice antes de inclinar su cabeza para mirarla fijamente.

—Me encantaría, profesor —las palabras de Julia lo hacen sonreír.

Puede observar el fuego en los ojos de su profesor. Sabe lo que está pensando. Seguramente lo mismo que le dijo en aquella nota del tren: «eres una niña traviesa».

El lobo solitario

Sofia escucha el murmullo del viento entre las hojas de los árboles que se ven desde la ventana de su departamento. Es medianoche y no hay luces encendidas, así que el lugar está en penumbras. Ni siquiera las luces amarillas de la calle la iluminan mientras está sentada en el sofá con las piernas pegadas al pecho. ¿Por qué? ¿Por qué? ¿Por qué había vuelto con Marcus? Ahora está otra vez allí sentada, llorando, en medio de la noche y usando un pijama extremadamente cómodo, pero extremadamente feo. Completamente sola. Y abandonada. La peor parte es que, una vez más, ella había creído que él había cambiado. Lo había perdonado tres veces en un año y siempre terminaba llorando desconsolada.

Un sollozo escapa a sus labios y sus ojos se llenan de lágrimas una vez más. Sofia le quita un cuadro a la barra de chocolate y se lo lleva a la boca. Las lágrimas ruedan por sus mejillas mientras lo mastica. Ni siquiera le importa el acné que vendrá después.

No tiene que pensar en su aspecto porque ya a nadie le importa. La pantalla del celular se alumbra cada vez que un amigo o familiar intenta ponerse en contacto con ella, durante el día. Pero no tiene la energía para responderles. Además, sabe que en el fondo nunca entenderían.

No la apoyaron cuando les dijo que iba a volver con él. A ninguno le pareció una buena idea que aceptara a Marcus cada vez que regresaba arrastrándose.

—Tienes 30 años, estás buenísima y soltera. Puedes tener al hombre que quieras. ¿Qué vas a hacer con ese fracasado? —le había dicho su mejor amiga Jonna, la última vez que él la dejó.

Sofia no respondió nada, pero sí que la escuchó. Ahora que está nuevamente sentada en el sofá, exhausta y con el corazón roto, recuerda ese comentario. Sofia pasa saliva y se limpia las lágrimas. Busca la lámpara de piso y la enciende. La tenue luz se propaga por la sala hermosa de estar. Por el cómodo sofá estilo Howard, el magnífico piso de madera, la gigante estantería llena de libros, la enorme Monstera y las paredes de color gris claro. Le encanta éste departamento. Pero no se puede quedar en él, todo le recuerda a Marcus.

La marca en el piso donde él dejó caer su celular, su lugar favorito en el sofá que ahora tiene la forma de su cuerpo, la estantería con algunos de sus libros favoritos, las paredes que le ayudó a pintar y la planta que compraron juntos. Definitivamente no se puede quedar allí. Porque sabe que pronto aparecerá Marcus en su puerta, engalanado con su mejor camisa y chocolates, flores o el libro que siempre ha querido en las manos.

Rogándole que lo perdone otra vez y ella lo hará. Por eso tiene que irse. Sofia no tiene las fuerzas para remendar su corazón sólo para que él lo rompa de nuevo. Esto debe terminar. Odia tener que hacerlo, pero Jonna tiene razón. Marcus es un fracasado, uno muy sensual y divertido. Perfecto en la cama. Con hermosos ojos marrones. *No.* Él es un perdedor y ella no permitirá que la pisotee de nuevo. Esto debe terminar.

Sofia cierra la puerta con llave al salir. Guarda la llave en un sobre, lo cierra y se lo deja a una vecina. Le deja instrucciones claras sobre quién buscará las llaves y cuándo llegarán. Abandona el departamento y una sensación de nervios la invade de camino a la estación de tren. No conoce a la gente con la que intercambiará casas. ¿Y si destruyen su departamento? ¿Y si no existe ninguna cabaña al llegar a su destino? ¿Quizás fue una mala idea esto de intercambiar casas? Fue algo que se le ocurrió en mitad de la noche y puso manos a la obra en menos de veinticuatro horas. Ahora es demasiado tarde para arrepentirse.

Ha accedido a intercambiar su departamento por una cabaña en medio de la nada, por un mes. ¿Qué demonios estaba pensando? La pareja de ancianos que se quedarán en su departamento parecen personas amables y responsables. Al menos esa fue la impresión que le dieron cuando habló con ellos por teléfono y les dijo dónde recoger la llave. La mujer con la que habló era amable y describió la cabaña como pintoresca. Le mencionó unas ovejas, un bosque lleno de moras, un barco de madera en medio de un lago y un huerto. Más importante aún, sólo había un vecino que, según la mujer, era muy reservado.

Esa cabaña en el bosque parece ser exactamente lo que Sofia necesita ahora mismo. Se sienta en la sección más silenciosa del tren y cierra los ojos. El viaje es de cuatro horas. Primero en tren y luego en autobús. Luego tomará un taxi hasta su destino final.

Sabe que será un día largo, pero intenta mantener una actitud positiva. «Esto es bueno, es justo lo que necesito», se dice a sí misma. Las horas pasan volando, así como el paisaje a través de las ventanas del tren y del autobús. Sofia escucha audiolibros, resuelve crucigramas y toma siestas.

Trata de mantenerse ocupada para no pensar en él. Aun así, se las arregla para aparecer en su mente cuando ella menos lo espera. Como cuando ve a una pareja tomada de la mano y piensa que esos podían haber sido ella y Marcus. O cuando distingue la colonia de Marcus y se le ocurre que él pudo haber pasado por allí, pero luego se da cuenta de que es una persona completamente diferente con la misma fragancia. Hace todo lo posible por no pensar en él, pero su mente le juega sucio. Y en lugar de poner resistencia, finalmente se deja arrastrar por esos pensamientos.

Se deja envolver por la tristeza y sus antiguos fantasmas regresan. ¿Por qué no le gusta a Marcus? ¿Qué hay de malo con ella? ¿Qué puede hacer para que regrese, para que se quede? El autobús se detiene y hace que Sofia se olvide de esas preguntas. Mira por la ventana y se percata de que es su parada. Se levanta rápidamente, golpeándose la cabeza, y se baja del autobús con su maleta enorme y pesada. Afuera empieza a enfriar. Cuando salió de la ciudad por la mañana, el ambiente estaba húmedo y le costaba respirar; pero ahora sus pulmones se llenan de aire fresco. Su cuerpo se relaja y la tensión en sus hombros y cuello se desvanece. Sabe que todo saldrá fenomenal. Tiene que ser así.

El taxi regresa por el angosto camino de grava y desaparece, dejándola allí sola con su enorme maleta. ¿Será la dirección correcta? No queda ni rastro del taxi. Sólo escucha el chirrido de los cauchos contra la grava, cada vez más lejano. Los únicos sonidos que percibe después son el ulular del viento entre las copas de los árboles, el zumbido de las moscas y su propio aliento. Nada más. En la ciudad siempre está rodeada por una cacofonía compuesta por los ruidos de autos, bicicletas, gente y música. Nunca fue un lugar especialmente silencioso.

Sofia sigue el pequeño sendero que conduce al bosque. Camina unos quince minutos hasta que descubre una cabaña roja en medio del océano verde y marrón de los árboles. Entonces acelera el paso y un entusiasmo infantil se apodera de ella, repentinamente. Ansía sentarse en el sofá frente a la chimenea, comer su sándwich de atún y destapar una botella de vino. Pero primero debe buscar la llave de la cabaña en casa del vecino. Lo imagina viejo y canoso. Fuerte, marcado por el tiempo y la amargura. Suspira aliviada cuando recuerda las palabras de la mujer: «Él es muy reservado». Qué bien. Porque Sofia quiere que la dejen en paz, razón principal por la que hizo todo esto.

Llega hasta la pequeña cabaña roja, su cabaña, y escucha las ovejas en el campo que está detrás del edificio. Percibe un olor a paja seca y a agujas de pino. Camina un par minutos hasta encontrar la cabaña del vecino. Es marrón y un poco más grande que la suya, pero luce bastante descuidada. Deja su pesada maleta en el sendero de tierra y atraviesa el jardín. No alcanza a llamar a la puerta porque ésta se abre desde adentro y aparece un hombre de treinta y tantos años. El hombre tiene una expresión de sorpresa en el rostro.

—¿Tú eres Sofia? —La observa sin mover un sólo músculo.

No dice "hola" ni "bienvenida" y tampoco le sonríe. Sofia pensó que la gente del lugar sería amigable y que este hombre en particular sería, por lo menos, veinte años mayor.

—Eh, sí... —dice ella, asombrada por lo directo que es este hombre, además de atractivo y serio—, esa soy yo.

Él se mete la mano en el bolsillo y saca las llaves.

Se las entrega. Ella las toma en sus manos y las contempla por un instante. Siguen algo tibias por haber estado en su bolsillo. El llavero es un pequeño corazón de madera. «Dulce», piensa ella y luego escucha el crujido de la puerta. Sofia levanta la mirada y nota que el hombre ya está cerrando la puerta.

—¿Cómo te llamas?

Él se detiene a mitad de camino, al escuchar la pregunta.

Sus brazos son fuertes, con uno se apoya en el marco de la puerta y con el otro sostiene la puerta. Lleva unos jeans desgastados y una camisa abierta y arremangada sobre una camiseta blanca. O una camiseta que alguna vez fue blanca. Se queda mirándola y sigue sin sonreír. Es muy apuesto. Su cabello es de color claro y está despeinado, sus ojos son azules y tiene un buen bronceado. Sus cutículas están sucias y tiene manchas de grasa, mugre y pintura en su ropa.

—John —dice con una media sonrisa.

O algo parecido a una sonrisa, aunque en realidad parece más una contracción de disgusto. Sofia asiente y él le cierra la puerta en el rostro. «Sin importar en qué lugar del planeta me encuentre, parece que sólo soy capaz de atraer idiotas», piensa ella mientras da zancadas de regreso al sendero y a su maleta. Sofia se encuentra una carta escrita por la pareja de ancianos sobre la mesa de la cocina. Contiene instrucciones para regar el huerto.

Además, le informan que el vecino cuidará de las ovejas, que el baño puede ser un poco problemático a veces y que puede pedir prestada una bicicleta para ir hasta el supermercado que está a un par de kilómetros de distancia. Sofia se siente aliviada por no tener que cuidar las ovejas. No es que le disgusten los animales, pero no tiene la menor idea de qué hacer con ellos. Las ovejas son lindas y es agradable observarlas, pero otra cosa muy distinta es tratar de mantenerlas con vida.

Todavía hay luz del sol, pero se siente cansada por el aire fresco y el viaje, así que enciende la chimenea y se sienta en el sofá con su sándwich, una copa de vino tinto y un libro. El calor del fuego se extiende desde los dedos de sus pies hasta arriba, el vino la relaja y se hunde cada vez más en el mullido sofá. Las letras negras sobre el fondo blanco bailan frente a sus ojos y está tan cansada que apenas puede mantenerlos abiertos.

Es temprano por la mañana y oye un golpe en la puerta, mientras riega las plantas del jardín. Deja la manguera en el suelo y se limpia las manos mojadas y sucias en la falda. ¿Quién podrá ser? Rodea la casa para ver quién es, pero se detiene a mitad de camino. Es *él*, está sin aliento, tiene el cabello aún más despeinado y una mirada alocada. Sin decir una palabra, camina rápidamente hacia ella. Abre la boca para preguntarle qué ocurre, pero la interrumpe con un beso que la deja completamente sin aliento.

La empuja hacia atrás hasta que su espalda golpea la pared de la cabaña. Mete las manos bajo su blusa, acaricia su estómago y la mueve hacia arriba. La sensación de esas manos ásperas sobre su piel la hace jadear. Masajea sus senos con fuerza, pero se siente tan bien que ella empuja su pecho contra él; simplemente necesita estar más cerca de él. Siente el creciente y rígido bulto en sus pantalones contra su muslo y gime. Le levanta la falda con un rápido movimiento, y busca a tientas su ropa interior húmeda luego la baja hasta sus tobillos.

Las panties caen sobre la tierra sucia y ella las patea lejos. Permanece pegada a la pared y respira con dificultad, con la boca abierta. Su corazón late con fuerza cuando ve la punta brillante de su pene. Brilla bajo el sol caliente de la mañana, ella intenta tocarlo, pero él la detiene. La besa de nuevo, con mayor intensidad esta vez, y ella siente cómo mueve su pene hacia su vagina. Él está muy duro y ella está empapada; se desean tanto el uno al otro que no hay necesidad de juegos previos.

Él debe poseerla y ella debe entregarse a él. Sus brazos firmes y fuertes la levantan contra la pared que rasguña su espalda desnuda y ella presiona su cuerpo contra el de él. Sofia envuelve las piernas alrededor de su cintura en un intento desesperado por acercarse más a él. Él le masajea las nalgas con manos cálidas mientras su pene rígido clama por su atención. Siente la tensión de la punta contra su húmeda entrada. Su cuerpo se prepara para ser poseído y entonces él la penetra lentamente mientras gime contra su oído.

Le clava las uñas en los hombros cuando se siente colmada por él. Cada embestida la empuja contra la pared. En sus brazos ella se siente ínfima y ligera como una pluma. Por su parte, pareciera que todo su acondicionamiento físico y cualquier trabajo pesado que ha hecho lo hubieran preparado para este momento. Los gemidos de ambos se fusionan con el balido de las ovejas y el zumbido de las abejas. Ella cierra los ojos e inclina la cabeza hacia atrás. Un sonido de puro y absoluto placer escapa de sus labios. El sonido de sus propios gemidos despierta a Sofia.

Sus mejillas están calientes y sonrojadas, y su respiración entrecortada. Luego nota que tiene una mano presionada contra su vagina y en cuanto se da cuenta de lo que ha sucedido, se sienta de golpe sobre el sofá. Sobre la mesa de centro yacen los restos de su sándwich junto a una copa de vino vacía. Debió haberse quedado dormida mientras leía, el libro está tirado en el piso frente a ella sin el marcalibros. Sofia se lleva las manos al rostro y suspira. Le avergüenza profundamente lo que acaba de suceder.

Ni siquiera recuerda la última vez que tuvo un sueño húmedo, tal vez hace diez años. ¿Por qué soñaría algo así? ¿Y con *él*? Con las mejillas aún sonrojadas, sale de la casa para refrescarse. El cielo está negro como la boca de un lobo y en completo silencio. Respira el aire fresco y se queda allí con los ojos cerrados. Realmente disfruta la libertad y la soledad. Y, por primera vez en mucho tiempo, siente que ha descansado. Su bochorno es reemplazado por una risita nerviosa.

Se muerde el labio cuando recuerda el sueño que acaba de tener. ¿John? ¿Cuál es su obsesión con los hombres que están fuera de su alcance?

Al día siguiente, la despierta una llamada a la línea fija. Medio dormida, se sienta en la espaciosa cama y echa un vistazo a la hora. Son las once, casi hora de almuerzo. Sofia toma el auricular y responde confundida.

—¿Hola?

—¡Hola, Sofia! Es Gertrude —dice la dueña de la cama sobre la que está acostada.

—¿Asumo que ayer llegaste bien? ¿John te entregó la llave?

—Sí, todo salió genial. Llegué bien. —Sofia se despierta del todo y vuelve a la realidad.

—¿Les gusta el departamento? ¿Encontraron todo lo que necesitan? —pregunta ella y Gertrude empieza a hablar de lo mucho que disfrutan la ciudad, de todos los eventos y de lo fascinante que es ahondar en la vibra multicultural.

Sofia dice «mmm» y «ah» en los momentos correctos, pero apenas escucha a Gertrude mientras se levanta de la cama y se dirige a la cocina para encender la máquina de café.

—Entonces, ¿cómo está John? —pregunta la mujer a Sofia, tras describir su día. La pregunta la sobresalta. ¿Por qué pregunta por él?

—Quiero decir... —continúa—, él ha pasado por momentos difíciles y se ha aislado demasiado desde la muerte de su esposa, hace dos años. El pobre no sale mucho. Se ha convertido en una especie de lobo solitario.

A Sofia le toma un tiempo asimilar las palabras de Gertrude. Se le revuelve el estómago al recordar que lo catalogó de idiota la noche anterior, porque no fue nada cordial con ella. Pero esta nueva información convence a Sofia de que tiene todo el derecho a estar amargado. Después de todo, su esposa murió. Sofia toma su café de la mañana sentada en la escalera de piedra, detrás de la cabaña. Desde allí puede ver el pequeño granero, el rebaño de ovejas, el huerto y, un poco más lejos, el lago.

Sentada allí, admirando el paisaje, de repente se da cuenta de que no ha pensado en Marcus ni una vez desde que llegó a la cabaña. Si se hubiera quedado en la ciudad, seguramente lo habría llamado y le habría enviado un centenar de mensajes, pidiéndole que volviera con ella. Y cuando él finalmente lo hiciera, ella estaría tan agradecida que la rabia y el enojo habrían desaparecido. Algo en ese paisaje bucólico en medio de la nada, de la calma y del silencio, hace que la idea de Marcus sea mucho menos dolorosa.

Ya no es tan grande e intimidante. En menos de veinticuatro horas se ha dado cuenta de que es perfectamente capaz de estar sola y de que incluso podría gustarle. Además, tiene cosas mucho más importantes en qué pensar. Por ejemplo, el sueño de la noche anterior. ¿Por qué no puede dejar de pensar en John? Cuando estuvo frente a él, la noche anterior, se había paralizado y había perdido la capacidad del habla. No esperaba que su vecino fuera tan atractivo.

El hecho de que sea un viudo tan increíblemente apuesto hace que ella se interese aún más por él. Claro, había sido descortés con ella. Cerrarle la puerta así, en la cara, sin siquiera darle una bienvenida apropiada. Eso no estuvo nada bien. Ni una sonrisa le había dirigido. Pero, por otro lado, es una de las personas más hermosas que ha visto. Esos brazos musculosos, esa ropa desgastada y esas manos rudas. Sin mencionar su rostro cansado, sus ojos de color azul intenso y su cabellera salvaje y despeinada.

También está el hecho de que está de luto. Se lo perdona todo en el instante en que Gertrude le cuenta al respecto. Su tono despectivo y sus modales groseros. Todo está olvidado. Sofia decide dar un paseo para saludar a las ovejas mientras pastan. Deja la taza en la escalera y se calza sus zapatos *Birkenstock*. Camina por el huerto y se da cuenta de todo lo que crece allí: patatas, calabazas, espinacas, tomates y todo tipo de especias y verduras.

Mientras camina a través de la hierba alta, hace un recordatorio mental sobre las garrapatas. Las ovejas están reunidas cerca de un pequeño refugio. A Sofia le parece extraño. No está lloviendo y el campo está lleno de pasto fresco y verde. Cuando se acerca al rebaño, comprende por qué están reunidas ahí. John está allí con un balde que parece estar lleno de verduras, frutas y pan viejo, alimentando a los animales. Está de espaldas a ella y camina lentamente hacia él. Su presencia la hechiza.

Escucha cómo le susurra a una oveja en un tono cariñoso y cómo se ríe de un cordero que embiste contra su mano. El corazón le da un vuelco.

—Son muy lindas. —Las palabras escapan de su boca antes de que pueda reflexionar sobre las consecuencias de su espontáneo arrebato.

John se sobresalta y el movimiento brusco aleja a las ovejas. La mira con amargura y pareciera que su mera existencia le irritara.

—Oh, lo siento. No quise asustarte —dice, en un intento por compensar su torpeza.

—No lo hiciste —responde él entre dientes.

Se vuelve a concentrar en las ovejas, les silba y les arroja algo de fruta a su paso. Sofia no puede evitar notar que su lenguaje corporal es de fastidio. Avanza un poco hasta quedar de pie junto a él. Está tan cerca que puede oler su aroma. Es una mezcla de paja, sudor y masculinidad. Se sorprende a sí misma pensando que el aroma de Marcus no es ni parecido. Confundida, intenta sacarse la idea de la cabeza.

—¿Lo puedo intentar? Nunca he alimentado ovejas. —Le sonríe, sintiéndose un poco tonta. Aquí está ella, una citadina, pidiéndole que le permita alimentara las ovejas como si fuera la cosa más exótica del mundo. Ni siquiera la mira cuando vierte el contenido del balde frente a sus pies.

—Ya terminé —dice él y se aleja.

¿Cuál es su maldito problema? Sofia evita interponerse en el camino de John por el resto del día, y de los siguientes dos días. Lo observa desde lejos mientras atiende a las ovejas, camina con su perra raza *Terrier* y se pasea en su bote por el lago, todas las tardes. A Sofia le parece que él se comporta de una manera completamente distinta cuando ella está cerca, a cuando está sólo o con los animales. Se sorprende recordando su sonrisa y en la suavidad de su voz cuando hablaba con la oveja.

Aunque realmente piensa en cómo se sentiría que le sonriera y le susurrara así a ella. Todos sus días empiezan de la misma manera. Se despierta cerca de las seis, come un desayuno ligero en la mesa de la cocina, mirando hacia el lago, y termina el ritual con una taza de café en las escaleras de piedra. Pasa una hora allí sentada, pensando en la vida. Luego riega el huerto con su bata de dormir y sus botas de lluvia.

Disfruta de la soledad y no le importa lo que lleva o no lleva puesto. Nadie puede verla allí. Excepto, claro, el vecino. Pero probablemente no la miraría ni recibiendo dinero a cambio. Algunos días va en bicicleta hasta la pequeña tienda de víveres en el pueblo. Le toma veinte minutos llegar allí y el paisaje es hermoso. Otros días, toma largos paseos en el bosque para recoger moras y agregarlas a su desayuno o preparar tartas con ellas.

Lleva una vida tranquila de campo y lo disfruta bastante. Su nueva vida ni siquiera es importunada por los mensajes de Marcus, pidiéndole perdón y preguntándole si puede volver al departamento. Ahora se siente segura y su mente está más despejada que nunca. Estando sola se da cuenta de lo que su familia y amigos han entendido desde el principio: Marcus le sienta fatal. Él usaba sus emociones para poder ir y venir a su antojo cada vez que necesitaba amor, dinero o un lugar para quedarse.

No ha borrado sus mensajes. Tampoco le ha respondido y no podría importarle menos. Respira profundo, luego exhala y todo el estrés desaparece con esa bocanada. Pasan los días y Sofia se acostumbra a un ritmo encantador. Cuando no está cuidando el jardín, monta la bicicleta hasta el pueblo, da largos paseos o disfruta del sol junto al lago con un libro en la mano. Disfruta descansar y pasar tiempo en la pequeña biblioteca, a las afueras del pueblo. La presión de su rutina diaria se ha desvanecido por completo.

Cuando lleva casi dos semanas quedándose en la cabaña, empieza a sentirse inquieta. Comienza a sentirse sola y añora conversar con alguien. Una noche, sentada frente a la chimenea y bajo el efecto del vino, decide comenzar un nuevo proyecto; algo en qué pensar y que la mantenga ocupada. Tiene un plan perfecto. Se propone conocer mejor a John y hacer que le sonría. Es difícil, pero no imposible.

Un par de días más tarde, pone su plan en acción. Después de pensar mucho en la excusa perfecta, se acerca a su cabaña con una cesta colgando del brazo y llama a la puerta. Lo escucha quitar el candado y cuando abre la puerta, sus miradas se encuentran. Es evidente lo decepcionado que está por su presencia. Sofia pasa saliva junto al comentario mordaz que se le ocurre por su expresión de pocos amigos.

—Hola, John. Estaba horneando y me di cuenta de que no me quedan huevos. ¿Podrías prestarme dos y yo te pago con el mejor pan de banana que hayas comido? —Le dirige una sonrisa cálida e inclina la cabeza.

Se quedan mirando en silencio por un momento. Ella se pregunta qué estará pensando él mientras su mirada se pasea por su rostro sonriente. John asiente y desaparece tras la puerta. La puerta cruje y se abre un poco. En el interior de la cabaña, Sofia divisa un acogedor pasillo con paredes de madera y una gruesa alfombra de retazos sobre el piso. La perra *Terrier* de John, descansa sobre la alfombra, agitando su cola. Sofia da un grito de alegría y se sienta para acariciar el feliz animal. Le rasca detrás de la oreja y en respuesta recibe un montón de besos húmedos por toda la cara, luego se echa sobre la espalda y le muestra su barriga redonda.

—Eres preciosa —susurra Sofia a la perra y le acaricia el corto pelaje.

John se aclara la garganta y la trae de vuelta a la realidad. Está parado en medio del pasillo, con un par de huevos en las manos. De repente Sofia se da cuenta de que entró a la cabaña de John para acariciar la perra. Se retira rápidamente.

—Lo siento, no quise irrumpir así nada más. —Empieza a disculparse.

—No te preocupes. A Margarita le encantan las visitas —dice John y toma la cesta donde deposita los huevos con cuidado.

—Aquí están tus huevos.

Margarita, la perra, menea la cola cuando John menciona su nombre.

Sofia vuelve a mirar esos ojos azules de nuevo. Esta es la primera vez que le dirige una frase completa y no parece molesto ni fastidiado. Para asegurarse de que su primera y muy fructífera conversación se mantenga así, Sofia asiente y se da la vuelta, dejando a John y a Margarita atrás. En la corta caminata de regreso a su cabaña, no puede dejar de sonreír. Mientras el pan de banana se hornea, Sofia se encarga de su rutina matutina.

Riega el jardín, se baña después del desayuno y ordena un poco. Termina sus tareas con rapidez, animada por su nueva misión: acercarse lo suficiente a John como para hacerle sonreír. El pan de banana luce fenomenal. Despide un fantástico aroma a nueces y chocolate negro, canela y jengibre. Sofia deja el pan enfriando en la ventana mientras prepara el café. Le echa un vistazo al reloj. Momento ideal. John siempre se ocupa de las ovejas a esta hora.

Lo ha estado observando desde las escaleras de piedra, cómo va y viene todos los días. Hoy hará un segundo intento para acercarse a él y a las ovejas. Llevará café y pan de banana para ganarse algo de tiempo y tal vez su atención. Pasa por encima de la cerca y camina en dirección a las ovejas. A mitad de camino, oye un ladrido y ve a Margarita corriendo hacia ella con la lengua colgando. John llama a Margarita, pero cuando ve a Sofia se queda callado y levanta la mano para saludar. Ella le regresa el saludo.

—Traje un poco de café. Para agradecerte por los huevos —dice ella tratando de recuperar el aliento.

Margarita hace todo lo posible por poner sus patas en la canasta que lleva Sofia y salta en círculos alrededor de sus piernas. John asiente y señala hacia el tronco de un árbol caído, donde se sientan juntos. En completo silencio. Margarita se echa a los pies de Sofia y suspira. Las ovejas pastan a su alrededor y de vez en cuando Sofia escucha los cencerros o el balido de un corderito llamando a su madre. John se inclina para sacar el contenido de la canasta.

Deposita dos tazas en la grama y sirve el café caliente. Sofia despliega la servilleta de lino que envuelve el pan de banana y le entrega un pedazo. Él lo toma y ella siente su piel áspera contra su mano. El recuerdo de su sueño erótico resurge en su mente y la imagen de ellos juntos está grabada en el interior de sus párpados. Lleva la mano hacia atrás y toma un gran sorbo del café; pero de inmediato lo escupe, tosiendo y jadeando.

—¡Ten cuidado! —grita John, sonando probablemente más molesto de lo que está. Margarita salta y empieza a ladrar nerviosamente. John le da palmaditas en la espalda a Sofia hasta que deja de toser y luego saca una botella de agua de su mochila.

—Ten un poco de agua —dice él en un tono gentil.

Sofia toma la botella y bebe de ella en un intento por refrescar su lengua quemada. Un par de gotas de agua resbalan de su boca y gotean por su barbilla, su garganta y continúan hacia sus grandes senos. Está casi segura de que John sigue el recorrido de las gotas con la mirada. Pero cuando le regresa la botella, ni siquiera la mira. Comen el pan de banana y beben el café en silencio.

Sentarse con un desconocido, con un amigo o con un familiar cercano, en completo silencio, es probablemente la peor cosa del mundo. Los silencios incómodos ponen nerviosa a Sofia. Por eso se siente aliviada cuando se da cuenta de que estar en silencio con John no se siente tan incómodo. Más bien refrescante. Se siente más cercana a él en medio de la paz y tranquilidad. Cada vez que intentó hablar con él, en el pasado, todo salió mal. Pero ahora, sin palabras de por medio, permanecen allí sentados tomando café completamente relajados.

Sofia le echa una mirada cautelosa a John. Se nota que ha pasado un tiempo desde la última vez que se afeitó y tienen toda la pinta de que podría dejarla crecer bastante si quisiera. Se pregunta cómo se sentiría su barba incipiente contra la cara interna de su muslo. Se sonroja y desvía la mirada. ¿Qué sucede con ella? Cuando vuelve a levantar la vista, ve que John tiene una sonrisa de burla en el rostro. Su semblante, generalmente tan rígido y serio, de repente se ve blando y lleno de vida.

Inhala y se estremece, completamente sorprendida por esa repentina y cálida sonrisa. Espera, desde lo más profundo de su corazón, que él no pueda leer su mente. «Así que sí puede sonreír», piensa ella y se siente victoriosa. Margarita la mira y comienza a mover la cola. Sofia le sonríe a la perrita.

—¿Te gustan las flores? —le pregunta a John mientras se inclina sobre Margarita y le rasca el vientre.

—¿Qué? —La sonrisa de John es reemplazada por confusión.

—Margarita —dice—. Ya sabes, la flor.

Las palabras de Sofia lo golpean como una cachetada. Se levanta de golpe y reúne sus cosas en un santiamén. Retrocede y silba. El sonido hace que Margarita se levante y corra hacia él.

—¿John? —Sofia está confundida.

¿Qué hizo mal? La mira con una expresión seria y murmura algo sobre la lluvia antes de irse. Sofia se queda estupefacta, viéndolo huir, confundida y un poco molesta. Estuvo tan cerca.

Los relámpagos iluminan el cielo. El primer trueno se escucha casi de inmediato y es increíblemente fuerte. Las ventanas de la cabaña se sacuden violentamente. La lluvia golpea la edificación desde todas las direcciones y Sofia no logra conciliar el sueño. Se levanta de la cama y se asoma por la ventana. Afuera está muy oscuro y sólo se escuchan los truenos y la lluvia contra las ventanas y el techo. Luego otro relámpago ilumina los alrededores.

Por un par de segundos, logra ver a las ovejas reunidas en la pradera, bajo el minúsculo refugio. ¿No deberían estar en el granero? Luego todo se pone oscuro de nuevo. Otro rayo ilumina el cielo y Sofía ve a las ovejas correr en todas direcciones, en total pánico. Algunas brincan la cerca y desaparecen en el bosque. Oscurece de nuevo y Sofía no duda en tomar acción. Sale disparada hacia la puerta, se calza sus botas de lluvia y se aventura afuera, en medio de la noche, la lluvia y los truenos.

Corre en la oscuridad hacia la pradera, tropezando con rocas y agujeros a su paso. «Por favor, que estén bien», es todo lo que puede pensar. Le arde la garganta y el corazón casi se le sale por la boca. Sofía no sabe nada de ovejas, pero está bastante segura de que no deberían estar afuera con esta tormenta. El refugio no es lo suficientemente grande para proteger a todo el rebaño y es peligroso que se expongan a estos terribles relámpagos.

Con piernas temblorosas, Sofía se interna en el bosque, donde vio por lo menos diez ovejas desaparecer desde la ventana. Está a punto de dar un paso cuando un relámpago ilumina el lago, a menos de cien metros de distancia. El sonido es increíblemente potente, ella se lanza al suelo y grita mientras se tapa los oídos. «Este es el final», piensa con dramatismo, pero se da cuenta de que está bien cuando escucha a una oveja asustada y siente el frío implacable. Se pone de pie y corre tan rápido como puede hacia el bosque. Se reconforta pensando que los rayos no caen dos veces en el mismo lugar.

—¡¿Qué diablos haces aquí?! —dice John y su voz casi la hace gritar de nuevo.

John luce más enojado que nunca. Camina hasta ella y la toma del brazo con fuerza, listo para arrastrarla de vuelta a la cabaña. Su mano, aún caliente, aprieta su brazo frío y desnudo y hace vibrar todo su cuerpo. Ella trata de alejarse de él, furiosa por sus maneras bruscas. Están muy cerca el uno del otro, demasiado cerca. La mueca enojada de su boca está a sólo unos centímetros de la suya y ella jadea. Sus miradas se encuentran y el tiempo se detiene.

La lluvia sigue cayendo, los relámpagos iluminan el cielo y los truenos retumban. Pero lo único que ambos ven y escuchan son sus alientos jadeantes. Sofia está convencida de que él también puede sentir esto. La electricidad entre ellos. Hasta que escuchan a las ovejas. Suenan aterrorizadas en algún lugar del bosque. Él desvía la vista hacia el lugar del que proviene el sonido y luego mira otra vez a Sofia. Margarita ladra y gime a sus pies, luego corre hacia el bosque. John suelta el brazo de Sofia y el hechizo se rompe.

Ambos corren tras la perra, esperando que los guíe en la dirección correcta. Finalmente, se las arreglan para encontrar las ovejas, sin saber muy bien cómo. Las cuentan entre los dos y las llevan al granero, donde se pegan el uno al otro temblando. Están empapados hasta los huesos.

—¡Ven conmigo! —grita John a través de la lluvia—. ¡Tengo la chimenea encendida!

John la guía por el pasillo. El calor de la cabaña golpea sus cuerpos fríos y Sofia cae en cuenta de que ambos están temblando. Está exhausta y congelada. Y no tiene idea de qué hora es. Ni siquiera está segura de cuánto tiempo estuvo afuera, bajo la lluvia torrencial.

—¿Cómo supiste que estaba allá afuera? —Sus labios están temblando y las oraciones salen a pedazos de su boca.

Gotas de lluvia resbalan desde su cabello empapado hasta su rostro. John sacude la cabeza y se estira el cabello con una mano.

—Margarita me despertó. Cuando oí la lluvia y el trueno, me di cuenta de que las ovejas aún estaban fuera —dijo—. Cuando finalmente salí y el relámpago cayó en el lago, te oí gritar. Pensé que... —John tartamudea y parece acongojado

—En fin, Margarita fue la que me trajo hasta ti. —La camiseta mojada está pegada a su pecho y un par de vellos oscuros y rizados se asoman por el cuello.

Un sentimiento de ternura se apodera de Sofia. Muy en el fondo, este hombre en apariencia tan serio, distante y completamente inalcanzable, es tierno y se preocupa por ella. Caminan por el pasillo y entran en la sala de estar. El fuego cálido y acogedor arde en la chimenea y Sofia camina hasta ella. John se aleja y sube por la escalera rechinante. Una gran fotografía en blanco y negro, sobre la chimenea, llama la atención de Sofia. En ella aparece John junto a una hermosa joven vestida de novia.

«Esa debe ser ella», piensa Sofia. La mujer de la foto le sonríe y John le sonríe a ella, se ve muy feliz. Cuando ve el gran ramo de margaritas que sostiene la mujer, el estómago de Sofia se revuelve. Luego mira a la *Terrier* mojada que está echada junto al fuego. Si tuviera que adivinar, diría que el animal tiene unos dos años. ¿Por qué tuvo que hacer esa estúpida pregunta? La escalera vuelve a rechinar y Sofia mira rápidamente hacia otro lado. John regresa a la sala usando ropa seca.

Le entrega a Sofia una toalla y ropa seca. Cuando toma un vestido de la mano de John, se vuelve a sentir terrible. Es obvio que el vestido pertenecía a su esposa muerta y, aún más evidente, que todo esto es muy difícil para él.

—Gracias —susurra ella y sube las escaleras hacia la habitación.

Cuando baja de nuevo, seca y usando el vestido, John está sentado en el sofá. Ella se sienta a su lado y él levanta la manta, invitándola a arrebujarse junto a él en el calor.

—Todavía estás temblando —dice con suavidad—, ven aquí.

La atrae hacia él y la rodea con un brazo. Ella no sabe si esto está sucediendo en realidad o si es otro sueño, pero deja que él la abrigue. Está confundida y feliz.

—Lamento haberte gritado y tirado del brazo antes. —Le acaricia un brazo y ella se estremece.

John está tan cerca que Sofia puede sentir los latidos de su corazón y sus músculos moviéndose bajo la piel. Exuda masculinidad y eso la aturde. Ha vuelto la electricidad que sintieron cuando estaban frente a frente, en el bosque. Cada vez le cuesta más respirar.

—Lo lamento por todo, Sofia. Siento haber sido tan descortés. No hiciste nada para merecer ese trato. —La voz tenue y el aliento contra su mejilla tienen un fuerte efecto sobre ella—. Es sólo que yo... estoy luchando con todas las emociones que he sentido últimamente. —Su voz es ronca y el tono desesperado.

«¿Qué emociones?», quisiera preguntarle ella. Entonces gira ligeramente la cabeza y los labios de él rozan la sensible piel de su sien. La sensación la hace suspirar. Y entonces sucede. Sus labios se encuentran y él la besa con pasión. Ella separa los labios y recibe su lengua caliente. Las lenguas se encuentran y danzan juntas dentro de sus bocas. Él posa una mano áspera en su nuca y la otra en la parte baja de su espalda, atrayendo su cuerpo con fuerza hacia él.

Ella se entrega completamente a él y la sola idea la hace gemir contra su boca. John se tumba sobre ella y le sube el vestido, exponiendo sus muslos. Sus manos exploran con avidez cada centímetro de su piel. Se siente reconfortada por el calor proveniente de su cuerpo y de la chimenea. Sus caricias le queman la piel, lo necesita ahora. Busca el cierre de sus pantalones y lo baja para deslizar una mano dentro de su ropa interior.

Cuando envuelve el falo rígido con sus dedos, él gime contra sus labios. Sus miradas se encuentran y él pasa una mano por sus panties húmedas. Luego las aparta hacia un lado y deja que dos dedos se deslicen por su humedad. Esa mirada intensa enfocándose completamente en su rostro para ver su reacción, es la cosa más sexy que Sofia ha experimentado. Sofia gime en voz alta y mueve las caderas para adaptarse a los movimientos de sus dedos.

—Hazme el amor —gime ella contra su cuello.

John reacciona de inmediato. Sin aminorar el paso, le quita la ropa interior y la arroja a un lado. Se arrodilla frente a ella, se quita los jeans y se baja los interiores. Su pene venoso se erige, haciendo jadear a Sofia. John se sienta junto a Sofia y ella se sienta a horcajadas sobre él. Encuentra la postura perfecta y posiciona la entrada húmeda justo a un par de centímetros sobre su pene. John apoya las manos sobre sus caderas y la empuja hacia abajo.

Cuando finalmente la penetra, ambos gimen. Ella echa la cabeza hacia atrás y gruñe en voz alta cuando empieza a montarlo. Él le besa el cuello y sólo se detiene para quitarle el vestido y tirarlo al piso. A continuación, se dedica a sus senos. Sus pezones se endurecen cuando John los chupa, uno a uno. Sofia gime y se inclina hacia abajo. Se siente colmada por él. Empieza a apretarse contra él lentamente.

Su clítoris roza los vellos que rodean el pene, estimulándola desde el exterior al mismo tiempo que él masajea su interior. Ella aprieta su miembro duro con los músculos de su vagina y acelera sus movimientos. La lengua de John contra su pezón rígido, los gemidos bajos y las manos sobre sus nalgas la vuelven loca. Está a punto de acabar y John también lo siente

—Acaba por mí —susurra él contra su oído.

La penetra a fondo y ella pierde el control por completo, dejando que el orgasmo la inunde acompañado de un grito de alivio. Con una sonrisa en el rostro, Sofia deja que la recueste sobre el mullido sofá. Intercambian y ahora él está sobre ella y separa sus muslos trémulos con las manos, con un movimiento decidido y al mismo tiempo delicado. Entra en ella y comienza a embestirla, presa de un instinto rápido y primitivo. La mira directamente a los ojos y está a punto de alcanzar el clímax, por segunda vez.

Cuando ella tensiona su cuerpo y arquea su espalda, lista para rendirse una vez más al placer, John gime en voz alta. Siente su pene sacudirse en su interior mientras todo su cuerpo se estremece. Él continúa moviendo sus caderas hasta que ella alcanza el clímax y luego colapsa sobre ella. Completamente exhausto. Se quedan allí quietos, respirando con dificultad. Todo se siente tan bien: su cuerpo contra el de ella, su pene dentro de ella. Por primera vez, se siente en casa. Segura. «Así es como debe sentirse», piensa Sofia y se ríe para sus adentros. Está muy feliz.

A la mañana siguiente, el sonido del celular despierta a Sofia. Una vez más, responde medio dormida. Le horrorizan las noticias que le tiene Gertrude. Le dice que un joven buenmozo de ojos marrones la estuvo buscando. «Marcus», piensa Sofia, que había logrado olvidarse de él por completo. Siente el cálido cuerpo de John estirarse junto a ella. Abre los ojos y la besa suavemente en el hombro. Eso le trae recuerdos del día anterior y su piel se eriza.

—Bueno, también queríamos preguntarte algo —Gertrude hace una pausa—. Entenderé si no quieres, tienes un trabajo y una vida aquí. Pero, ¿crees que podríamos prolongar un poco este intercambio de casas? Sentimos que nos estamos adaptando muy bien a la vida en la ciudad y nos encantaría quedarnos un poco más.

Sofia mira a John de reojo y él la mira con sus ojos azules. Parece concentrado en escuchar su conversación con Gertrude, sin vergüenza alguna. Cuando Gertrude deja de hablar, se dibuja una sonrisa en su rostro. Observa a Sofia y sonríe con cautela. A manera de pregunta, asiente al mismo tiempo que le toma la mano bajo el edredón.

—Eso estaría fantástico —responde a Gertrude con una sonrisa—. Me encantaría.

Las múltiples caras del amor

Andrea se sentó sobre la mullida cama de la habitación de hotel
y miró por la pequeña ventana. Desde allí podía ver las calles de
Montmartre trepar hasta *Sacré-Cœur* y descender hasta *Pigalle*.
Suspiró al pensar en lo hermoso que era todo, sintiéndose feliz
porque decidieron hacer este viaje juntos. James reposaba
cómodamente sobre las sábanas en su lado de la cama, con una
pierna cruzada sobre la otra y un libro en sus manos. Aunque
Andrea estaba de espaldas a él, podía imaginar exactamente
cómo lucía, echado allí.

Mechones de cabello oscuro y desordenado que caen sobre
sus ojos, detrás de los anteojos, y bloquean su visión y sus largas
y musculosas piernas que se veían tan bien en esos pantalones
chinos oscuros. Llevaba puesta una camisa manga corta que
había encontrado en un mercado de pulgas en Copenhague, un
año atrás. Sin mencionar sus labios carnosos de color rojo
intenso en constante movimiento cuando leía, casi susurrando

cada palabra del texto. Fueron esos labios susurrantes, su encanto y su increíble sentido del humor lo que la habían cautivado once años atrás.

Lo vio por primera vez sentado en un café de Malmö y leía justo así. Ella entró a comprar un café antes de dirigirse a una cita a ciegas que un amigo suyo había preparado, sin consultarle. Al pasar junto a él, con sus audífonos, lo vio mover sus labios.

—¿Qué? —dijo ella un poco alto.

Se quitó los audífonos y él, James, le dirigía una expresión confusa.

—¿Me dijiste algo? —Continuó ella y él sonrió, confundido pero encantado.

No había duda de que se sentían atraídos el uno por el otro. Ambos lo sintieron. Razón por la cual Andrea se sentó a su mesa ese día y dejó plantada a su cita a ciegas, en el pub donde se suponía que se iban a encontrar. James extendió sus brazos y envolvió la cintura de Andrea, sacándola de sus recuerdos y de vuelta a la realidad. De vuelta a París, a la cama del hotel y a sus brazos. Se acostó junto a él y, con la mejilla apoyada en su firme pecho, inhaló su aroma masculino mezcla de algodón, tabaco y un poco de sudor. Olfateó su cuello y hundió el rostro entre su melena.

—Me encanta tu cabello —susurró él entre mechones.

Ella se giró para besarlo. Ambos contuvieron la respiración. Ahora era más íntimo. Pronto harían el amor. Ambos ansiaban intimidad, piel pegajosa de sudor y besos candentes. Se sentían muy cómodos en los brazos del otro y sabían exactamente qué excitaba a la otra persona, cómo enloquecerse mutuamente. Todo era muy seguro, un tanto aburrido. Mientras yacían abrazados, ambos esperaban que pasara algo. Cualquier cosa que evitara el sexo.

Claro que ninguno de los dos lo decía en voz alta, pero al escuchar un golpe en la puerta y su botella de vino de cortesía llegó con el servicio a la habitación, ambos se sintieron aliviados. Después de eso, ninguno de los dos intentó retomar la acción. Bebieron vino tinto, comieron un poco de queso y planearon el día siguiente. Habían hecho una interminable lista con todas las cosas que querían ver, los restaurantes que querían visitar y los parques que querían recorrer. Ya había oscurecido cuando se acabaron la botella.

Ambos estaban cansados por el viaje y Andrea comenzó a alistarse para dormir. La habitación estaba caliente y James se sentía asqueroso y pegajoso. Cuando Andrea ya estaba en la cama, él gritó: «Tomaré una ducha» por encima del hombro y cerró la puerta del baño. Miró su reflejo en el espejo. Se quitó los anteojos y los depositó a un lado del lavamanos. La imagen en el espejo se volvió un poco borrosa, pero aún distinguía los contornos de sus abdominales y el camino de vellos oscuros; una línea recta que nacía en su pecho amplio, pasaba por su ombligo y desaparecía dentro de sus calzoncillos.

Dejó caer su ropa interior al piso, lentamente, y luego salió de ella. Abrió la llave de la ducha y dejó correr el agua por un rato. Hasta que finalmente entró. El agua fría se sintió bien contra su piel caliente. Se llevó las manos al rostro, luego las deslizó hacia abajo y suspiró en voz alta. Andrea estaba acostada en la cama, en espera del sonido de la ducha. Escuchó el agua correr, salió de la colcha y corrió hasta su maleta, de donde sacó su pequeño vibrador. Necesitaba relajarse. Su cuerpo estaba tenso y un buen orgasmo era justo lo que necesitaba después de un largo día de viaje.

Volvió bajo la colcha, se cercioró de escuchar la ducha y encendió el vibrador. Quitó sus panties del camino con una mano y presionó el vibrador contra su clítoris. Los movimientos del aparato transferían una sensación cálida que se extendió por todo su cuerpo. El vibrador palpitaba contra su piel sensible y, si cerraba los ojos, casi podía fingir que la lengua tibia y áspera de otra persona era la causa de su placer. Sonrió y retomó su fantasía, la única fantasía que usaba cuando se masturbaba y quería acabar rápido.

Siempre empezaba igual. Todo sucede en una fiesta, en una casa, ambos se divisan entre la multitud y él se acerca a ella. Se planta frente a ella, grande y fuerte. Una sonrisa juguetona se dibuja en sus labios.

—Ven —dice él.

Ella se hace la inocente, pero en el fondo lo desea. Él toma su mano y la conduce por un pasillo hasta una habitación con una gran cama matrimonial. La besa con suavidad, al principio, luego tira de su cabello y la obliga a levantar el mentón. Ambos se miran a los ojos. Entonces la vuelve a besar, ésta vez con más avidez. Los dedos de la otra mano se aventuran bajo los misterios de su falda, ascendiendo desde la rodilla derecha. Ella tiembla en sus brazos, pero él la sostiene con fuerza, inmovilizándola. Veinte minutos más tarde, James vuelve a la cama sonrojado y agotado.

Andrea, por su parte, estaba acostada fingiendo estar dormida. Su corazón latía fuerte y trató de estabilizar su respiración para que James no notara que estaba despierta. Ninguno de los dos imaginaba lo que el otro acababa de hacer y se quedaron dormidos espalda contra espalda, como siempre lo hacían.

El siguiente día inició de una manera muy francesa. O al menos la manera en que un francés iniciaba su día, en sus mentes: café negro fuerte, jugo de naranja recién exprimido, baguettes recién horneados y croissants con mermelada de fresa. Andrea y James se habían despertado temprano. Atrás quedó la incomodidad de la noche anterior, se sentaron muy cerca y discutieron animadamente sus planes del día. La lista de la noche anterior era larga y tendrían que empezar de inmediato si querían hacerlo todo antes de volver a casa.

Comieron sus croissants y se tomaron sus cafés. Y luego salieron del hotel tomados de la mano. Cualquiera creería que era una pareja que acababa de enamorarse, aún lucían nerviosamente embriagados por estar cerca el uno del otro. El verano acababa de dar paso al otoño en París y la ciudad se veía exactamente como habían soñado. Todavía hacía suficiente calor como para usar un suéter fino, pero había algo dulce y fresco en el aire que hacía crujir las hojas en los árboles. Comenzaron la mañana subiendo al *Sacré-Cœur*, el punto más alto de París.

Desde allí vieron la ciudad entera despertar. James sonrió al notar el deleite de Andrea con la vista. Pensó en lo mucho que la amaba y en lo feliz que estaba porque decidieron hacer este viaje juntos. Sin embargo, no podía dejar de pensar en la noche anterior. Mentiría si dijera que todo iba perfectamente bien entre ellos, especialmente si dijera que su vida sexual era buena. Cuando se besaron en la cama, la noche anterior, todo había sido un desastre. Se había sentido muy aliviado al ser interrumpidos por el servicio a la habitación.

Y las últimas veces que habían hecho el amor, había sido igual. Andrea acostada boca arriba con James encima, en la posición del misionero. Andrea con los ojos cerrados como si deseara que todo terminara pronto. Casi era más triste tener sexo de ese modo que abstenerse del todo. Él fantaseaba con la dominación. Estaba harto del misionero, de ver a Andrea recostada con una expresión de aburrimiento. Quería sentir algo y hacerla sentir algo también. Pero sus fantasías salvajes y su deseo de someter, morder, arañar y dar nalgadas no tenían nada que ver con la personalidad de Andrea.

¿Tal vez el problema fuera que la quería y la respetaba en exceso? Paris les sentaba bien. Andrea se divertía mucho con James. Charlaron, rieron y bromearon como unos veinteañeros. Comieron crepes, tomaron una infinidad de tazas de café mientras divisaban la torre Eiffel y paseaban por el rio Sena y *Notre Dame*. Habían olvidado su interminable lista y ahora iban a donde querían, cuando querían. Si alguien hubiera dibujado una línea roja entre los lugares que habían visitado, sería un enredo sobre el mapa de París.

Nada los retenía y Andrea disfrutaba el hecho de que pudieran sentirse tan relajados juntos: Siempre que estuvieran vestidos, claro está.

Esa noche ordenaron una botella de vino en un restaurante elegante. Sus pies estaban adoloridos de tanto caminar y sus mentes exhaustas por todas las impresiones nuevas y fantásticas que les había brindado París. La mesa estaba sumida en un incómodo silencio. James jugueteaba con las sobras de pan en la mesa y Andrea actualizaba su página principal de Instagram, frenéticamente. Parecía que hubieran agotado sus temas de conversación durante el día y ahora ya no tenían nada que decirse.

Su frialdad era vergonzosamente evidente en contraste con las demás parejas que se tomaban de la mano y se susurraban palabras dulces al oído. La mesera acababa de tomar su orden — dos *Moule Frites*, el especial de la casa — y dejarlos solos, cuando sucedió.

—Nuestra vida sexual está muerta y no sé bien si es momento de terminar o si debería tener sexo con otra persona a tus espaldas. —Las palabras brotaron de James. Y en cuanto aterrizaron sobre la mesa, entre los dos, se arrepintió de decirlas.

—Es decir... ¿recuerdas cómo era cuando nos conocimos? No podíamos quitarnos las manos de encima. Teníamos sexo hasta dos veces al día. Y era muy bueno, el sexo, quiero decir. Pero ahora... no estoy seguro, Andrea —continuó con cautela.

El silencio se tornó insoportable. Ella bajó la mirada y él no estaba seguro si estaba a punto de llorar o de explotar en un ataque de ira, justo allí en medio del elegante restaurante parisino. Esperaba que soltara una frase predecible, como: «¿Qué diablos quieres decir?Teníamos apenas veintidós años.Las cosas eran diferentes entonces.Por Dios, tenemos casi treinta y cinco años.Tengo un empleo y un hogar que mantener.No puedes esperar que te salte encima varias veces al día, o que tenga la energía para hacerlo todo el tiempo.¡No tienes una maldita idea de lo que me sucede!»

Por este motivo se sorprendió tanto al escuchar su respuesta:

—Ya sé, esto ya no funciona. Necesito algo más.

Se miraron intensamente a los ojos, ambos se sentían consternados pero aliviados al mismo tiempo. Sentían lo mismo. Nada había cambiado entre ellos. Seguían siendo Andrea y

James. La única diferencia es que eran totalmente honestos el uno con el otro, por primera vez en muchos años.

—Entonces... ¿qué hacemos? —James se preguntó para sus adentros, con un nudo en la garganta, «¿esto fue todo?». La amaba con locura y no estaba listo para terminar la relación.

Al menos no aún y menos de este modo. Andrea sopesó el asunto en silencio. Y justo en ese momento llegó la joven mesera a la mesa, con su orden. Le sonrió a James y él le devolvió una sonrisa algo exagerada. Andrea notó cómo James la devoraba con los ojos; cómo siguió el contorno de sus grandes senos con la mirada y después continuó por sus caderas.

—¿Te gustaría acostarte con ella? —preguntó Andrea cuando la chica depósito el recipiente humeante sobre la mesa, frente a James. La sonrisa en el rostro de James se desvaneció.

—Detente —dijo entre dientes, mientras la mesera huía a toda prisa.

—No, lo digo en serio. ¿Te gustaría acostarte con ella? Es una mujer hermosa y me di cuenta de cómo la mirabas.

James miró atónito a Andrea mientras ella lo observaba con curiosidad.

—¿A qué te refieres? Yo quiero estar contigo. Y sólo contigo. No puedo acostarme con otra mujer —respondió él y era obvio que ni él mismo estaba convencido.

—Pero esto ya no funciona, James —dijo Andrea.

—Ya nunca tenemos sexo y yo necesito intimidad. Al igual que tú. Lo único que importa es que nos amamos y queremos vivir juntos. Entonces, ¿qué más da si nos acostamos con otra persona? —continuó ella con tono de voz suave.

—¿Qué quieres decir? —preguntó James con sus anteojos empañados por las *Moule Frites*.

—Creo que deberíamos tener una relación abierta. Podemos hacer lo que queramos con quién queramos. Sin reglas —dijo Andrea

—Excepto, tal vez, la regla de compartir nuestras experiencias después. Eso me gustaría —dijo.

—¿Una relación abierta? —dijo James. Estaba en shock.

—Podríamos intentarlo, cariño. ¿Qué otra cosa podemos hacer? Te amo y quiero dártelo todo, pero ahora mismo no puedo y tú tampoco puedes darme lo que necesito. Así que quiero darte, y darme, esto. Esta oportunidad de vivir un poco.

Por primera vez en la noche, se veía un poco triste. James se dio cuenta de que lo había pensado bastante. Tal vez tanto como él.

—No es... no es una mala idea. —No sabía si era el vino, pero definitivamente se podía ver a sí mismo en una relación abierta.

Sin embargo, no podía — ni quería — imaginar a Andrea con otra persona. Pero luego recordó todas sus fantasías. Si Andrea era libre, él también lo era de explorar y experimentar sus fantasías a plenitud.

—Ella —susurró Andrea en su oído y señaló a alguien al otro lado del salón.

Era una mujer delgada y rubia, con el cabello corto, sentada en la barra. Tenía las piernas cruzadas y balanceaba uno de sus pies, casi con aspecto de fastidio. Esa mujer era todo lo que Andrea no era. Era clara allí donde Andrea era oscura y era alta mientras que Andrea era bajita.

—Quiero que sea la primera. —La voz suave de Andrea en su oído lo confundió.

La observó y se dio cuenta de la emoción en su mirada. Le obsequió una sonrisa llena de decisión y entusiasmo. ¿Acaso bromeaba? ¿Esta era una especie de prueba enfermiza? En todo caso, atravesó la multitud hasta la barra. Y durante todo el camino sintió los ojos de Andrea sobre él, cómo lo miraba desde el otro lado del salón. Se quedó parado allí junto a la rubia, que estaba absorta en sus propios pensamientos. Aún no había notado al desconocido junto a ella, así que cuando lo pateó con su pie lo observó con los ojos muy abiertos.

—¡*Pardon, monsieur*! —dijo y posó su mano sobre el brazo de él.

El simplemente sonrió y luego descansó su mano sobre la de ella. Atrás quedaron los nervios que había sentido mientras caminaba hacia ella.

—No hay problema. ¿Qué bebes? Déjame comprarte otra copa —dijo él con una confianza que había ignorado poseer, hasta ahora.

Ordenó dos copas de vino tinto y se sentó junto a ella, mirándola directamente a los ojos con deseo. Estaba visiblemente nerviosa. Su mano tembló un poco al llevar la copa de vino hasta sus labios igualmente rojos y se estremecía cada vez que él le rozaba la rodilla con su pierna. Andrea vio a James abordar a la mujer. Casi arrepentida de su propia idea, se preguntaba qué estaría diciéndole. Estaba a punto de ir hasta allá para pedirle que volviera a la mesa, cuando ambos se giraron para mirarla. James señaló a Andrea al mismo tiempo que susurraba algo al oído de la mujer.

¿Qué le decía? La rubia la miró con los ojos muy abiertos y Andrea le devolvió la mirada. Por un momento, casi sintió celos, pero se tragó su orgullo y le sonrió cálidamente a la mujer.

Levantó la mano para saludar mientras observaba a su prometido con su nueva conquista. Vio a James ponerse de pie y a la mujer siguiéndolo de cerca. Abandonaron la barra juntos, la mano de James en la parte baja de la espalda de ella. Ni siquiera se giró para mirarla y Andrea sintió un hormigueo entre las piernas. Se mordió el labio inferior mientras se preguntaba a adónde iría James con esa mujer y qué harían.

Tomaron un Uber y no se dijeron una palabra hasta llegar al hotel. Él apoyó una mano sobre su rodilla, piel contra piel, y no podía creer lo estaba pasando. Al fin. De no haber sido por la oscuridad reinante en el auto, la mujer habría visto el pene de James crecer en sus pantalones mientras subía la mano por su muslo. Ella separó ligeramente sus labios rojos y cerró los ojos mientras París pasaba a toda prisa por la ventanilla del auto. Pensó en Andrea por un instante, en cuanto dejó entrar a la mujer en su habitación de hotel.

Al cerrar la puerta, dejó sus pensamientos fuera junto con los ruidos de la ciudad. La habitación estaba en completo silencio, excepto por la respiración nerviosa de ella. En el restaurante, Andrea seguía sentada a la mesa y bebía su vino tinto. No podía creer lo que hacían, que James hubiera conquistado a esa mujer tan fácilmente. Sonrió y agitó el vino en su copa mientras ojeaba a su alrededor. Se encontró con un par de ojos oscuros, a un par de mesas de distancia. El dueño de esos ojos levantó su vaso en el aire y le sonrió.

Ella asintió en su dirección e imitó el gesto. Pareció tomar su gesto como una señal de invitación, porque de repente se levantó y caminó hacia ella. Se sentó junto a ella con la sonrisa intacta, sin pronunciar una palabra. Tomó un sorbo de su cerveza y dejó el vaso sobre la mesa.

—No pude evitar notarte a ti y tu... esposo... —dijo en voz baja.

—Y cómo te dejó aquí sola por una mujer que no es ni la mitad de hermosa que tú.

El par de ojos marrones se encontró con los azules y ella sitió que sus mejillas se ruborizaban. El hombre tenía una barba oscura y bien cuidada, y su peinado era impecable. Sus antebrazos eran musculosos y estaban cubiertos de tatuajes, ella imaginó como continuaban bajo las mangas enrolladas de su camisa de jean. La sonrisa que se dibujó en su rostro cuando notó la manera en que ella lo miraba, exhibía una hilera de dientes perfectos y blancos entre sus labios oscuros.

—Sólo pude pensar: «¿En qué piensa ese tipo?» —dijo el hombre.

—Acabamos de decidir tener una relación abierta —respondió Andrea con el corazón en la boca y los ojos del hombre se abrieron de par en par.

James se sentó en el borde de la cama y tomó a la rubia por el cabello. Sus labios rojos envolvieron el pene rígido y sintió su lengua húmeda alrededor de la punta. Él estaba a cargo, marcaba la pauta.

—Mírame —le ordenó y ella subió la mirada mientras la férrea virilidad entraba en su boca.

El lápiz labial se emborronó alrededor de su boca y cada vez que se adentraba en las profundidades de su garganta, sus ojos se llenaban de lágrimas. Sentía el orgasmo inminente y cercano. Sus grandes ojos y esa boca en su pene, era demasiado para él. Tiró de su cabello con agilidad, forzando su rostro hacia arriba, y su pene tembló al salir de esa boca caliente y húmeda, pero no se permitiría acabar. Aún no. Su trémulo mentón estaba cubierto por una mezcla de saliva, jugos preseminales y restos de lápiz labial. Sin pensarlo dos veces, se inclinó para probar sus labios, lamer su mentón y recorrer una mejilla con su lengua. Ella gimió bajo él.

Al día siguiente, James y Andrea desayunaron juntos justo como lo habían hecho la mañana anterior. Él ya estaba sentado a la mesa cuando ella entró al restaurante con la misma ropa de la noche anterior. James exhibía una sonrisa que ella no había visto en años y Andrea estaba rebosante de confianza, realmente radiante. James la miró y pensó que nunca la había amado tanto como en ese momento. Cuando Andrea no volvió a la habitación, la noche anterior, se preocupó. Al principio pensó que ella se alejaría del hotel por un par de horas. ¿Pero toda la noche?

Pasado un tiempo sin dar señales, él había considerado llamarla o incluso llamar a la policía. ¿Quién sabe qué podría pasarle a una mujer hermosa y tomada que andaba sola por París? Sin embargo, algo lo detuvo, una voz en su cabeza le dijo que ella estaba bien. Y, a juzgar por ese nuevo brillo que ostentaba, ella también había tenido una gran noche.

—Necesito una ducha —dijo Andrea con una sonrisa al terminar su tranquilo y plácido desayuno.

James apoyó una mano en la parte baja de su espalda, tal como lo había hecho la noche anterior con la otra mujer; luego caminaron juntos hasta su habitación. Pero al entrar, se sintieron un poco perdidos. James dejó caer la mano. Luego la pasó por su desordenada melena y sonrió nerviosamente. Andrea corrió al baño y se desnudó detrás de la puerta cerrada. Su ropa interior negra estaba cubierta por una mezcla de semen y sus propios jugos. Una onda de calor se extendió en su interior, ¡vaya noche! Cuando el hombre misterioso de la noche anterior posó una mano sobre su rodilla, se sintió perdida.

Bueno, ya estaba perdida desde mucho antes, para ser honesta. Por el hecho de que la hubiera estado observando antes de acercarse a ella, de sentarse a su lado sin invitación y de preguntarle cosas que no eran de su incumbencia, estaba perdida. La mano sobre su rodilla fue el detonante final. Unos minutos después iban en un taxi en la dirección opuesta, camino a la casa del tipo. Algo en su mirada la hacía sentir como si no tuviera elección, ella estaba enteramente bajo su control y eso era precisamente lo que deseaba.

Cuando llegaron al departamento tipo estudio, se puso nerviosa. Él la rodeó como un depredador, listo para atacar, y ella no sabía si debía rendirse o escapar por la puerta. Debió haber notado su nerviosismo porque le sonrió, casi de manera paternal. Aunque su mirada seguía advirtiéndole sobre lo que vendría después.

—Ve a la cama —le ordenó y ella obedeció con el corazón en la boca.

Él la siguió de cerca y se situó a centímetros de ella. Una mano áspera se aventuró bajo su falda y recorrió uno de sus muslos. Ella tembló bajo el tacto de esa mano y jadeó cuando se acercó al borde de sus panties. Estaba a punto de deslizar un dedo dentro de la tela y entonces retiró la mano. Un instante después, ella estaba sobre una cama con las piernas en el aire, las panties a un lado y una lengua sumergida en su vagina empapada. Se había arrojado sobre ella y la devoraba con tal voracidad que ella jadeaba sofocada.

Su lengua se movía rápidamente alrededor del clítoris, salía y entraba en ella. Succionó sus labios vaginales y rozó sus partes más sensibles con los dientes. Ella gritó de placer y trató de poner resistencia, pero las manos fuertes del hombre, en la parte de atrás de sus rodillas, la inmovilizaron. No iba para ningún lado, no podía escapar de su lengua y de lo que él le estaba haciendo. Entonces lo sintió acumularse dentro de ella, rápidamente y con fuerza. El orgasmo. Todos los músculos de su estómago y piernas se tensaron, su vagina palpitaba y se sacudía en espasmos.

Se sintió completamente invadida por la sensación, a la que se entregó sin reservas. Cuando ella acabó con fuerza contra su boca, él casi gruñía. Un instante después, ella abrió los ojos para mirarlo. Estaba loco de deseo. Se relamió cuando ella separó las piernas y le pidió que la cogiera duro. James se sentó al borde de la cama y esperó que Andrea terminara de ducharse. Aún no habían limpiado la habitación y el escenario a su alrededor lo hizo sonreír. Las sábanas eran un desastre y las almohadas estaban arrojadas por doquier. Algunas sobre el piso, otras al pie de la cama.

Había restos de lápiz labial — ¿o sería sangre? — sobre las sábanas blancas. Casi parecía que algún tipo de lucha había tenido lugar en la cama, y en cierto modo, así era. La rubia cuyo nombre desconocía, se lo había entregado todo. Había hecho exactamente todo lo que él le había pedido y había dejado su cuerpo completamente a su merced. Nunca había visto a una mujer disfrutar tanto del sexo, nunca había hecho gritar así a una mujer, orgasmo tras orgasmo tras orgasmo. James sintió endurecer su pene una vez más, y suspiró.

Nunca había acabado tan duro como aquella noche, tantas veces seguidas. Sus bolas se contrajeron y tuvo que masajearlas por encima de sus calzoncillos. Gimió al tacto y dirigió la mirada hacia la puerta cerrada del baño. ¿Estaría cerrada con llave? James entró silenciosamente al baño, camuflado por el vapor y el sonido del agua. Vio la piel dorada de Andrea a través del vidrio. Su mentón apuntaba hacia arriba y sus ojos estaban cerrados. Masajeaba sus senos con una mano y sus pezones estaban erectos. Su otra mano se movía en la entrepierna.

James vio cómo presionaba y acariciaba su clítoris en círculos. La mera vista hizo que su pene se sacudiera. ¿Recordaba en los eventos de la noche anterior? Se desvistió y entró en la ducha. Ella gritó al darse cuenta de que tenía compañía, pero James cubrió su boca rápidamente con una mano y silenció el grito. Acarició su estómago con la otra mano, acercándola a él. Ella sintió la erección contra su trasero y gimió. Un gemido de sorpresa, pero también de placer.

—¿La pasaste bien anoche? —susurró en su oído mientras acariciaba su vagina inflamada.

—Mm, parece que sí —gruñó en voz baja.

No podía evitarlo. Estaba tan increíblemente excitado que ni siquiera se detuvo a considerar cómo reaccionaría Andrea a sus maneras agresivas. Algo primitivo se apoderó de él. Quitó la mano de su boca y enrolló su larga cabellera alrededor de una mano, con fuerza. Tiró del cabello al tiempo que la penetraba sin piedad, con dos dedos. Ella gimió en voz alta. La masturbó hasta que ella ya no pudo mantener el equilibrio, hasta que sintió que sus piernas flaqueaban. Sin darle oportunidad de recuperarse, liberó su cabello y la inclinó, sosteniéndola firmemente por las caderas.

Por un instante, se quedó allí observándola: cómo inhalaba bocanada tras bocanada de aire caliente y cómo temblaban sus piernas. Entonces se arrodilló tras ella y separó sus nalgas. La lengua se encontró con su ano y Andrea sintió una descarga eléctrica.

—¡Allí no! —jadeó ella.

Se sintió mareada por el calor y el orgasmo y no sabía que esperar exactamente, pero no era eso. Ella trató de alejarse, extremadamente avergonzada, pero James se aferró a sus caderas con más fuerza y el movimiento repentino solo logró que la lengua entrara más a fondo. Se sentía tan humillante e increíblemente incorrecto. No podía chuparla *allí*. Sin embargo, sus gemidos hicieron eco en la ducha a medida que se entregaba al placer de la experiencia. Al principio los movimientos de James fueron toscos, pero ahora eran suaves.

Su lengua caliente y flexible se sentía maravillosa contra su ano. Cerró los ojos y le permitió acariciarla en círculos, primero con delicadeza y luego con más fuerza. Hasta separó más las piernas para darle más acceso a su lengua. ¿Cómo algo tan reprobable podía sentirse tan bien? James sintió que Andrea se relajaba y le permitía mayor acceso, entonces deslizó una mano por la parte interna de su muslo. Buscó su clítoris y lo encontró de inmediato al tantear su vagina hinchada. Masajeaba su clítoris justo en el lugar correcto mientras describía círculos en su ano.

Quería hacerla acabar de nuevo. Y después la penetraría rápido y duro. Sentía que ella estaba cerca del clímax. La sentía palpitar contra sus dedos y respirar cada vez con mayor dificultad. Alcanzó el orgasmo y sintió espasmos por todo su cuerpo. Las sacudidas del ano contra su lengua y labios llegaron acompañadas de sus gritos de alivio. Y entonces vino la embestida. Él penetró su vagina estrecha y mojada con tal fuerza que los gritos no pararon. El pene de James había crecido desmesuradamente mientras se dedicaba a Andrea, y apenas pudo contener el orgasmo cuando finalmente entró en ella.

Sabía que acabaría en un par de segundos, pero no le importaba. El mero hecho de hacer gritar a Andrea había sido placentero. Apretó sus caderas con fuerza y la embistió con tanta intensidad como pudo. Con cada embestida sentía que su pene encajaba perfectamente dentro de ella. Casi como si su miembro estuviera hecho para cogerla. Cada vez que empujaba contra ella, Andrea pensaba que iría a parar al piso porque el único apoyo de sus manos eran las baldosas de la pared. Gimió fuerte y se dio cuenta de que estaba sonriendo. En esa posición tomó consciencia de lo mucho que lo disfrutaba y de lo feliz que estaba de saber que era James quién la penetraba con lujuria.

—James. —Gimió su nombre una y otra vez, a medida que aceleraba el ritmo.

Al escuchar su voz, James inclinó la cabeza hacia atrás y emitió un sonido parecido a un rugido. Siguió moviéndose contra ella, cada vez más lento, pero con igual intensidad. Gemía y vertía su blanca leche dentro de Andrea.

—¿Qué diablos fue eso? —gimió Andrea contra su pecho desnudo al cerrar el grifo.

El silencio que siguió al orgasmo trajo a James de vuelta a la realidad. Se dio cuenta de lo que acababa de hacer. La brusquedad con la que había tirado de su cabello y enterrado los dedos en sus caderas, sin consideración alguna por sus deseos. Claro que la había hecho acabar, pero... ¿acaso había sido demasiado agresivo? ¿Demasiado rudo? La tomó por los hombros y la miró a los ojos.

—Lo siento, Andrea, yo... No sé qué... —comenzó a decir, pero Andrea lo interrumpió.

—Quise decir, ¿cómo supiste exactamente lo que me gusta, tan de repente?

James dejó escapar una carcajada de sorpresa.

—¿Qué?

¿De qué estaba hablando ella? A Andrea siempre le habían gustado los abrazos, los besos apasionados y el romance. El sexo convencional. Nada como esto. Ella sonrió y continuó.

—Sí, pero... Nunca te había contado sobre mis fantasías, sobre lo que me gusta. Siempre has sido un poco soso en la cama. Lo siento, pero es verdad. Y de pronto vienes y tiras de mi cabello, me chupas y me coges duro. ¿Qué pasó? —casi susurraba las palabras y se sonrojó al decirlas.

James la miró perplejo, sin saber si reír o llorar de felicidad. Ese día sólo dejaron la habitación de hotel para comer. La vibrante ciudad aun pulsaba fuera de la habitación, pero ellos apenas lo notaban. Habían comenzado por contarse sus experiencias individuales y se habían excitado tanto que cogieron de nuevo. Exploraron sus cuerpos y compensaron once años de sexualidad reprimida. La emoción de sus aventuras por separado había tenido cierto efecto en ellos. En lugar de distanciarlos, sus experiencias nocturnas fueron sinónimo de unión.

Se deseaban de una manera completamente nueva y sabían cómo llevarse al límite del placer, repetidas veces. Durante el resto de su estadía en París, por las noches disfrutaban con otras personas y de día se deleitaban entre sí. Al dejar París, una semana después, James y Andrea estaban más enamorados que antes. Sin importar el número de personas con que tuvieran sexo durante su relación, sabían que se tenían el uno al otro y que nada sería tan bueno cómo eso; a pesar de que no vieron mucho de París en el viaje.

Siempre le dijeron a sus amigos y familiares que habían tenido magníficas experiencias en la ciudad del amor y que había sido el viaje de sus vidas.

Camgirl

Los amigos y familia de Elisa la describirían como una mujer inteligente, responsable y madura. Ella quiere creerles y nunca le da a nadie motivos para cuestionar esa etiqueta, sólo a ella misma. El asunto es que, una persona responsable y madura hubiera sido capaz de planificar a futuro para resolver su tema laboral y conseguir un trabajo de verano. Una persona inteligente nunca hubiera terminado en la situación actual de Elisa: estudiante desempleada, al final del semestre, con muy poco dinero en el banco y con el verano aproximándose con la velocidad de una ola del mar. Necesita dinero y lo necesita ya.

—¿Vienes a almorzar? ¡Tenemos que celebrar! —La sonrisa de Josephine es tan amplia que sus dientes sobresalen a sus labios pulposos. Es el último día del semestre de primavera y la universidad pronto quedará vacía. Los estudiantes corren hacia el calor del verano, felices de ser libres finalmente. Elisa ocupa su tiempo recogiendo bolígrafos y papeles dispersos sobre su escritorio. Por un lado, sólo quiere salir a almorzar con

Josephine y el resto del grupo. O a un café. O al pub. Quiere ir con ellos y olvidarse de la ansiedad que crece dentro de ella. Por otro lado, su ansiedad es justamente lo que la detiene. Tiene muchos motivos para estar nerviosa. No puede pagar ninguna de esas cosas; ni siquiera puede pagar su renta.

—No, lo siento, no puedo hoy tampoco —responde.

—Ya no haces nada —protesta Josephine y pone cara de amargada. Aunque los ojos de Josephine sonríen, algo dentro de Elisa duele cuando escucha la queja de su amiga. No, ya no puede socializar, no si significa gastar dinero. ¿Cómo le dices a tus amigos una cosa como esa evitando el bochorno?

—Lo siento, tengo... —comienza Elisa, pero nota que Josephine ya no le presta atención, sino al resto de sus amigos— ... una cosa. Los ve irse del salón y antes de que se pueda dar cuenta, es la única que queda. Por unos segundos, el tiempo parece detenido. Puede sentir el sonido de la risa y voces desvaneciéndose y de pronto se siente más sola que nunca. Rápidamente recoge el resto de los papeles y los mete dentro de su mochila verde militar.

—¡Espera! —Elisa corre por la puerta hacia las escaleras de mármol oscuro. Sus zapatos de tacón bajo hacen eco mientras corre escaleras abajo. Al llegar al pie de la escalera, Josephine, Anna, Joel y Maria giran sorprendidos. Todos sonríen cuando notan que Elisa corre hacia ellos—. Voy, el lavado de ropa puede esperar.

Más tarde esa noche, cuando llega a su pequeño departamento, se sienta y llora. Ola tras ola de ansiedad brutal la golpea mientras piensa en el dinero que gastó, dinero que no tiene. Su teléfono vibra en el bolsillo y espera que se silencie antes de mirar la pantalla. Tiene otra llamada perdida de su madre. La tercera del día. Sus ojos se llenan de lágrimas nuevamente. Mañana tendrá que llamarla y explicarle que no ha conseguido un trabajo, que su cuenta de ahorros está vacía y que no puede quedarse en el departamento porque no lo puede pagar. Tendrá que mudarse de vuelta a lo de sus padres. Será el mayor fracaso de su familia.

El sentimiento de desasosiego es reemplazado por el de rabia y se lanza sobre la cama y abre su portátil. Escribe con rabia *cómo hacer dinero fácil* en el buscador de Google. Por una hora, explora varias páginas y artículos, pero ninguno de los consejos que encuentra pagarán su renta. Recorre los resultados uno a uno, pero no encuentra nada interesante. Está a punto de rendirse, tomar su teléfono y llamar a su madre, cuando ve que algo se mueve en el margen de su explorador. Es una propaganda con una hermosa mujer que se desnuda mientras se toca. Las palabras *Compra un show privado* titila sobre la imagen. Elisa frunce el ceño y mira la imagen. La realidad la golpea. Cierra todas las ventanas que tenía abiertas y comienza una nueva búsqueda. Googlea *cómo convertirse en una camgirl* e inmediatamente encuentra miles de foros en línea donde se discute sobre el fenómeno de las camgirl. Luego de un rato, encuentra un foro donde una mujer dice que ha hecho mucho dinero como camgirl.

La discusión es larga y llena de trolls, pero hay algo de la historia de esta mujer que le interesa. Lee todos los comentarios y absorbe la información. Luego de otra hora leyendo, deja la pantalla y mira por la ventana hacia la cansada ciudad estudiantil que nunca había estado tan vacía. La mayoría de sus compañeros de clase ya se fueron a casa por el verano. Algunos de ellos trabajan y otros visitan a sus padres para descansar para el próximo semestre. La ciudad le devuelve la mirada y ella intenta imaginar lo que ve. ¿Desasosiego? ¿Fracaso? Al menos eso es lo que ella ve en sí misma.

Mira la pantalla y lee el comentario de la mujer otra vez. Suena tan simple según lo que ella cuenta. «¡De hecho es divertido de verdad! Llego al orgasmo al mismo tiempo que hago dinero. Es como mezclar negocios con placer. Algunas veces ni siquiera tengo que sacarme la ropa, muchos de ellos sólo buscan compañía y están dispuestos a pagar por ella. ¡Adelante, chicas! No se arrepentirán».Elisa mira a la nada e intenta recordar la última vez que tuvo un orgasmo. No recuerda ni si alguna vez estuvo cerca, o si siquiera lo intentó. La masturbación no va con Elisa, simplemente no es importante para ella. Su cuerpo está inexplorado y si fuera por ella, permanecería así. Intenta imaginar cómo sería desvestirse frente a extraños y el solo pensamiento la hace estremecer. Ni siquiera puede verse a ella ni a su cuerpo como sensual, como algo que podría brindar placer.

La mujer del foro incluyó un par de enlaces a diferentes salas de chateo donde ha sido activa y Elisa apunta con el mouse a uno de ellos y se detiene. Lo hace más que nada como diversión. Al menos para empezar con algo. Luego se da cuenta de que realmente no tiene otra opción. Sus opciones son volver a la casa de sus padres con el rabo entre las patas o morder la bala. Todo lo que tiene que hacer es iniciar su Mac, loguearse en la sala de chateo un par de días a la semana y sacarse la ropa, una a una, frente a ojos hambrientos. Tiene que desvestirse de todos modos y no es que sea una virgen. El solo pensamiento la hace sonrojar. Se pasa la lengua por los labios y traga saliva.

Han pasado tres meses desde que Víctor la dejó luego de seis años juntos. Él había sido su primer y única pareja sexual. Ella estaba segura de que estarían juntos para siempre, y ese pensamiento la había hecho sentir bien y segura. Por eso, había sido un shock cuando una noche le dijo que había conocido a alguien más. Cuando le preguntó por qué, él respondió que no se sentía amado, que no se sentía sexy y que no se sentía satisfecho. Le dijo que ella ya no quería tener sexo. Cuando ella intentó discutir, él se limitó a sacudir la cabeza y decir:

—¿Sabes cuánto tiempo ha pasado desde la última vez que lo hicimos? ¿O cuándo fue la última vez que me tocaste? Esto no funciona, Elisa.

Tenía razón, no funcionaba. A ella ni siquiera le gustaba el sexo. Cada vez que él la había tocado o intentado besar durante el último tiempo que estuvieron juntos, ella se había escapado rápidamente y excusado con dolores de cabeza o cansancio. El sexo no significaba nada para ella: es algo que tienes que soportar en ocasiones especiales o cumpleaños porque es algo esperado, es una obligación molesta.

Elisa sacude su cabeza como intentando ahuyentar la sensación punzante en sus ojos y su garganta. Sería dinero fácil. Se acostumbraría y nadie tendría que enterarse de su fracaso para conseguir un trabajo de verano, o de cómo todos sus ahorros se habían esfumado en fiestas salvajes de estudiantes e incontables tazas de café en la cafetería de la universidad. Tendría que trabajar durante un mes para hacer la misma cantidad de dinero que haría con un par de noches como camgirl y, si lo hiciera, sus padres no tendrían que enviarle dinero o mensajes de preocupación. Es una mujer adulta, razonable, fuerte e independiente y quiere que todos vean —o al menos piensen— que puede cuidarse a sí misma. Así que, cuando la noche se apodera de la ciudad, decide darle una oportunidad a esta idea y hace clic en el enlace para crear su perfil.

La primera vez fue atemorizante. Se sintió completamente mal; estaba mal. Cuando se vistió esa mañana, no tenía idea de que, más tarde esa noche, se desvestiría frente a todo el mundo. Llevaba puesto unos jeans negros ajustados, una camiseta gastada con un par de manchas de algo poco saludable que se había puesto en la cara más temprano. Sus ropas se ajustaban a su cuerpo delgado y acentuaban sus caderas. Sus pechos son demasiado chicos para necesitar un sostén y sus suaves pezones se endurecen todo el tiempo bajo su camiseta cuando la tela frota contra su piel pecosa.

Pasó la mañana buscando alguna máscara que cubriera su cara. Había leído que muchas de las chicas cubren sus rostros para permanecer anónimas. Elisa pensaba que era muy importante que no la reconocieran. Los rumores corren rápidamente en una pequeña ciudad universitaria y ¿qué pasaría si los rumores llegasen a sus amigos o familia? Buscó la máscara correcta por horas hasta que finalmente encontró una negra de cartón. Era como de un gato. La máscara cubría la mitad de su cara, desde la parte superior de su cabeza hasta su nariz, y tenía agujeros para los ojos y las narinas. Sus labios y su barbilla puntiaguda quedaban visibles. Sería perfecta. Cuando estaba a punto de pagar, el hombre en la caja le sonrió y le preguntó si iba a una fiesta de disfraces. Elisa asintió rápidamente y dejó la tienda sonrojada y mirando al piso.

Cuando inicia su computadora esa noche y cierra las persianas, lo hace con el corazón en la garganta. Se recuerda que tiene el control para borrar los miles de temores que rondan su cabeza. Al menos eso es lo que quiere pensar. Todo lo que tiene que hacer es iniciar la computadora, loguearse y comenzar El resto lo verá después, sobre la marcha. Piensa en lo que podría tener que hacer y se le estruja el estómago. ¿Qué pasa si no puede hacerlo? En ese caso, al menos lo habrá intentado, piensa. Respira hondo y hace clic en el botón.

Cada vez más personas se unen a su espectáculo de webcam en vivo y el hecho de que alguien esté sentado al otro lado, mirándola, despierta un inesperado estremecimiento dentro de ella. Ha colocado su portátil a los pies de la cama. Está sobre sus rodillas sobre la cama y observa la imagen de sí misma. Es la misma Elisa de siempre, pero al mismo tiempo, todo es diferente. Sus ropas son las mismas y su cuerpo también, pero su cabello pelirrojo largo, que normalmente está suelto y despeinado, ahora está prolijamente atado en una cola de caballo. Su cara pecosa está escondida tras la máscara negra de gato y su boca sonríe nerviosa. En la ventana del chat comienzan a aparecer comentarios de lo lindo y sexy que es su cuerpo junto con otros pedidos. Un hombre le pide que se ponga en cuatro patas. Lee el comentario y cumple su pedido conteniendo la respiración. Allí está, en cuatro patas sobre su colcha, un tanto extraño, y salta una notificación en la pantalla que le informa que se han transferido 50 dólares a su cuenta de PayPal de BigGuy85. A la notificación le sigue el mensaje, «Buena chica», en la ventana del chat. Cuando se da cuenta que lo que acaba de recibir en segundos por lo que serían dos horas de trabajo normal, se imagina yendo a comer con sus amigos al día siguiente. Esto no está tan mal, piensa. Sólo para probar, acerca una mano a su boca y la lame, tal como lo haría un gato que se estuviera aseando. Se ríe por lo bajo cuando piensa en lo tonto que era todo. «Me gusta tu risa, gatita»,escribió alguien en el chat. Elisa se da cuenta que pueden verla Y escucharla, y se pone tensa.

MmmDarkness escribe: «Sácate eso jeans ajustados, parecen incómodos». Elisa asiente y comienza a desabrocharlo. Se los baja lentamente pasando por su trasero firme y parece como si todo el mundo estuviera conteniendo la respiración. Es una experiencia extracorporal. Todo es tan nuevo, tan extraño. Aún así, está excitada y se siente curiosa. Cada vez que escucha un ping de su computadora, se agrega más dinero a su cuenta lo que la hace relajarse. De hecho, puede hacerlo. Hasta ahora, no es para nada lo que esperaba. Su confianza normalmente es bastante baja, pero todos los comentarios positivos sobre su cuerpo la hacen sentir excelente. Su sonrisa nerviosa lentamente es suplantada por una gran sonrisa genuina.

Elisa está allí sentada con su ropa interior de algodón color negro y piensa en qué hacer a continuación. ¿Cuál es el siguiente paso? Está deliberando sobre si debiera tomar la iniciativa o si debiera esperar un nuevo pedido. Apenas puede creerlo cuando se oye decir:

—Me sacaré la camiseta por 60. Unos segundos después, una mujer y dos hombres transfieren 60 cada uno a su cuenta PayPal.

—Ups —dice Elisa en voz alta. ¿Tendrá que sacarse la ropa interior también? Cada vez más personas sintonizan su espectáculo. Alguien escribe: «Ahora, sácate la camiseta y tócate». Ella se saca la camiseta y la deja caer al piso mientras se acomoda la máscara. Se deja la ropa interior puesta. Aún no está lista para sacársela. La habitación fría le da piel de gallina y sus pezones se endurecen. Las manos le tiemblan un poco cuando envuelve sus pequeños y firmes pechos. Comienza a masajearlos con movimientos suaves. Puede sentir la dureza de los pezones en la palma de su mano y la fricción comienza a provocarle algo. Puede sentir que algo pulsa allí abajo, en su interior. Nunca antes se había tocado así.

Sus manos dejan sus pechos y acarician su estómago; el constante sonido de su computadora le hace saber que el dinero continúa llegando. La sensación de sus manos contra su piel fresca envía descargas de calor hacia su entrepierna y la excitación la deja sin aliento. Esto está muy mal, piensa mientras explora su propio cuerpo con sus dedos. Muy mal, pero increíble. Por un momento se olvida de que cientos de ojos la observan. Lo único que importa en el mundo es el sonido de su respiración jadeante y la sensación de sus dedos que se deslizan hacia su ropa interior. Sólo se ha tocado ahí abajo en la ducha y para bañarse. Esto es completamente diferente. Puede sentir lo mojada que está a través de su ropa interior. Este es otro tipo de humedad diferente a la de la ducha, otro tipo de humedad diferente al agua. Una humedad que nunca había experimentado con su novio. Abre los ojos, mira el chat lleno de comentarios y se muerde el labio para contener una sonrisa. Frota el algodón mojado despacio con su dedo índice. Su ropa interior se pega a su piel. DaddyDom escribe: «Sácate las bragas ahora mismo».Elisa ni siquiera lo duda esta vez. Por la primera vez en su vida, está caliente. Ha estado escondiendo su deseo por años y ahora, cuando lo ha encontrado, deja de lado todas las inhibiciones. Separa las piernas frente a cientos de ojos a los que les permite ver cuando se toca cada parte del cuerpo.

Luego de media hora está a punto de cerrar la noche cuando Anonymous le escribe un mensaje en el chat: «Te quiero ver coger con un vibrador». Elisa se queda sin aliento. ¿Qué carajo está escribiendo esa persona? Se sonroja y por primera vez en la noche se siente avergonzada. Responde:

—No tengo juguetes sexuales.

Aunque tiene veintiséis años, se siente infantil. ¿Es raro que ni siquiera se haya tocado hasta hoy? Por un segundo, permanece en cuatro patas sobre la cama, sintiéndose pérdida. Oye otro ping de la computadora. Elisa mira la pequeña imagen de su cuerpo desnudo en la pantalla y ve una pantalla emergente: *600 dólares acaban de ser transferidos a su cuenta por Anonymous.* Un mensaje llega a continuación de la notificación: «No te preocupes, gatita.Cómprate un consolador, un tapón anal y un vibrador para mañana. Quiero verte darte placer a ti misma».

A la mañana siguiente, Elisa se pone los jeans negros y una sudadera con capucha aunque hace calor afuera. Quiere cubrirse tanto como sea posible, como si eso pudiera contrarrestar lo que hizo la noche anterior. Como si pudiera borrar las marcas invisibles de sus propios dedos sobre su piel y los cientos de ojos que siguieron cada uno de sus movimientos. Pero la razón principal de por qué se viste como alguien que intenta esconderse es porque va camino al sex shop. Si se cruza con un compañero de clases o algún amigo de la familia, quiere poder ponerse la capucha para que no la noten y para no tener que charlar con ellos sobre el clima o mentir sobre los planes para el verano.

Elisa no puede evitarlo, mientras camina por la ciudad tranquila, su mente viaja hacia la noche anterior y vuelve a sorprenderse de ella misma. La noche anterior, cuando su espectáculo en vivo terminó, no podía dormir. Eufórica por la experiencia que acababa de tener, fue como si su cuerpo finalmente se hubiera despertado de una larga siesta. El menor movimiento llenó su vagina de calor vibrante. El acolchado se sentía agradable y duro contra sus pezones endurecidos. Se moviera hacia donde se moviera, no podía deshacerse de esa sensación. Pensó en todas las personas que habían visto su cuerpo, todas las personas que se habían masturbado con ella al otro lado de la pantalla. Elisa estaba allí, sin aliento, respirando con la boca abierta. Con su mente fija en la audiencia anónima, su mano vagando hacia su ropa interior húmeda y tibia. Allí, deslizó dos dedos hacia afuera y adentro de su humedad. Con la otra mano, jugó con sus pezones erectos color rosa pálido.

Luego movió sus dedos hacia el clítoris. Con movimientos lentos, se tocó hasta que casi perdió el control. Gimió sobre la almohada y frotó su clítoris más rápido y fuerte. Su vagina estaba hinchada después de horas de excitación y por la primera vez en la vida Elisa pudo sentir algo creciendo dentro de ella. Continuó frotándose, acariciándose y masajeando hasta que sintió que no podía soportarlo más y se dejó ir. Ahogó un grito en la almohada y sus piernas temblaron mientras que sentía su vagina palpitar contra su mano. Por la primera vez en su vida, Elisa había provocado su propio orgasmo.

Lentamente la ciudad se despierta y ya hace calor afuera. Elisa cruza la calle con el descuido típico de los estudiantes de una pequeña ciudad, sin prestar atención a los autos. La caminata hasta la tienda es de veinte minutos. El día anterior, Elisa apenas podía pagar su renta y ahora lleva cientos de dólares camino a comprarse juguetes sexuales. Se siente irreal y, aunque Elisa no lo quiere admitir, es excitante. Cuando llega a la tienda, se queda afuera por unos minutos y camina por allí juntando el coraje necesario para entrar. Entra. La atiende una mujer de unos cuarenta y cinco años.

—¿Qué puedo hacer por ti hoy? —La mujer sonríe con toda la cara e irradia bienestar y confianza.

—Estoy buscando un par de cosas... —dice Elisa un poco nerviosa y sube el cierre de su sudadera—, pero creo que voy a mirar un poco antes.

La mujer sonríe y asiente antes de darse vuelta y caminar de regreso hacia el mostrador donde comienza a desempacar algún tipo de aceite de grandes cajas.

Es una tienda pequeña, pero la selección es enorme, con todo tipo de juguetes sexuales de diferentes colores y formas. Elisa se siente inexperta al caminar por el lugar intentando descifrar qué es todo eso y cómo se supone que debe usarse. De pronto, siente que regresa la sensación de hormigueo de la noche anterior y con ella vienen los pensamientos: ¿Qué escribirían sus seguidores anónimos si deslizara ese consolador en su interior? ¿Cuántos de ellos llegarían al orgasmo si se inclinara con su falda y expusiera su trasero redondo y el tapón anal decorado con un diamante? Elisa se muerde el labio mientras recorre la tienda.

Apenas se reconoce. La tímida, asexuada muchacha de antes ha sido reemplazada por alguien que tiene orgasmos, que se desnuda frente a completos extraños y a quien le gusta todo eso, porque a Elisa realmente le gustaba. Le gustaba el pensamiento de que alguien más tuviera placer por verla. Eso no era todo, también se daba cuenta de lo que se había perdido todos esos años antes de animarse a tocarse y provocar su propio orgasmo por primera vez. Era como si se hubiera acercado a ella misma, como si se conociera mejor ahora y como si se hubiera transformado en su mejor amiga y pareja. Su impaciencia crece.

Puede sentir cómo la mujer de la tienda la mira con curiosidad cuando elige el conejo rosado. Consolador y vibrador combinados. Se pregunta si la mujer de la tienda puede darse cuenta de que estuvo desnuda frente a una webcam tan sólo unas horas antes. Se sonroja y los dedos se tornan pegajosos al contacto con una caja de plástico. Elisa cambia la atención hacia los tapones anales y escoge uno pequeño de metal brillante con un diamante falso en la base. El paquete es pesado; siente mariposas en el estómago al imaginar el peso dentro de ella, *ahí atrás*. El pensamiento la confunde. No se reconoce.

Cuando comienza su espectáculo en vivo por segunda vez consecutiva, posee una autoridad que no tenía la noche anterior. Hoy hasta puso mayor empeño que la noche anterior en la ropa. Tan pronto como llegó a casa esa tarde, escogió una minifalda negra y una blusa blanca manga corta. Hoy tiene más confianza. Sus nuevos juguetes sexuales están alineados sobre su mesa de noche junto a un lubricante que le dio la mujer de la tienda «para un mejor desempeño en el trasero». Cuando Elisa regresó de la tienda a casa, se excitó tanto que tuvo que probar su nuevo vibrador de conejo. Se le cruzó por la mente que quizás debería empezar un espectáculo en vivo ahí y en ese momento, pero decidió que quería probar el juguete en privado antes de la hora del show frente a su audiencia. Lo probó cuatro veces ese día. Nunca era suficiente y seguía hasta que estaba tan hinchada que el menor movimiento la llevaba al límite. Cuando por fin llegó la noche, su cuerpo estaba relajadamente cansado y su clítoris aún hinchado por todos los orgasmos que el pequeño conejo le había provocado. Tan sólo el pensamiento de volver a transmitir trajo de vuelta la sensación de hormigueo. No tenía idea de que se podía mojar tanto sólo por pensamientos sensuales.

Lo primero que ve cuando comienza a transmitir es a Anonymous que pregunta: «¿Compraste las cosas que te dije ayer, gatita?»Elisa sonríe tras la máscara de gato.

—Sí —responde.

«Bien.¿Puedo ver?»Elisa se voltea y gatea sobre la cama, con la clara intención de que Anonymous y todos los otros pudieran ver su trasero bajo la minifalda. Bajo la falda, llevaba ropa interior de encaje blanco diminuta. Se toma su tiempo cuando se estira para agarrar el consolador y el pequeño, pero pesado tapón anal. Puede escuchar el sonido familiar del dinero llegando a su cuenta. Ping. Le recuerda a las películas americanas donde la gente en la audiencia pone billetes de un dólar en las tangas de las strippers. Voltea su cara hacia la pantalla y muestra los juguetes.

—Aquí están —le dice a Anonymous y a todos los otros en el chat que envían cumplidos y pedidos.

«Ese tapón se vería genial en tu pequeño trasero apretado», escribe Anonymous. Algunos otros concuerdan con él. Elisa traga saliva. Aunque ya está extremadamente encendida, sigue nerviosa. Nunca usó un tapón anal; nunca tuvo nada ahí atrás. Mientras que aún sentada piensa en qué hacer a continuación, comienza a sacarse la tanga. Lentamente. Luego gira hacia la cámara.

—¿Qué obtengo si hago esto?

Luego de unos segundos lee: «Prueba y verás».Motivada por Anonymous, deja el consolador y se voltea.

Levanta su trasero hacia la cámara. Esta vez se acerca mucho más que antes y está desnuda bajo la falda. En esa posición, su audiencia puede verlo todo. Oye constantes pings de la computadora, pero ni siquiera se molesta en mirar. No le importa cuánta plata está haciendo o lo que escriben sobre su culo o su vagina. Con la mano izquierda, aprieta el pomo del lubricante y toma un poco en su dedo índice. Lleva el dedo hacia el ano y despacio lo refriega con el frío y húmedo lubricante. Luego embadurna el tapón. El metal frío casi quema sus dedos calientes. Respira hondo y lleva el tapón hacia su parte trasera. Lo coloca en la abertura de su ano y siente la resistencia al ejercer presión.

El frío es intenso allí atrás y la hace estremecerse. Gime por lo bajo. Despacio, agrega un poco de presión y siente cómo su ano comienza a relajarse, cómo su cuerpo se rinde y recibe el tapón anal. Milímetro a milímetro. Lo empuja con más fuerza y se queja porque arde bastante. Rápidamente lo deja ir. Despacio, comienza a empujar nuevamente. Empuja y lo deja seguir hasta que siente que el tapón se desliza más adentro por sí solo. El movimiento le recuerda la noche anterior cuando se masturbó y deslizó sus dedos adentro y afuera de su vagina. La respiración es pesada y puede sentir cómo su cuerpo se abre, listo para ser tomado. Elisa inhala profundo y empuja el tapón hasta que se desliza por completo. Puede sentir cómo la parte más ancha presiona contra su ano apretado y cómo se hace más angosto en la punta. Su ano abraza fuerte el tapón. Un gemido de placer se oye en todo el departamento. El metal frío comienza a calentarse y el calor se irradia por todo su cuerpo.

Las olas continúan llegando y cada movimiento que hace le da ganas de soltarse al placer; puede sentir cómo todo crece en su interior. Piensa en todas las personas que pueden verla en ese instante, en ese preciso momento, y todos los músculos de su cuerpo se tensan. Ya está gimiendo fuerte y sus piernas comienzan a temblar. Una sensación cálida palpitante crece entre las piernas y se muerde el labio al sentir cómo los músculos de su ano aprietan el tapón anal. Se siente como si el tapón comenzara a salirse, así que coloca sus dedos sobre el pequeño diamante. La sensación la hace gritar de placer. Sostiene el tapón con el dedo índice y el mayor; se viene con fuerza con la cara presionada sobre las suaves sábanas y su trasero en el aire. No puede evitar mover sus caderas hacia adelante y atrás mientras ola tras ola del orgasmo la atraviesan.

Un poco después, ya sobre sus piernas y brazos firmes, voltea hacia la computadora. Tiene la boca abierta y respira jadeante. Puede sentir cómo sus fluidos resbalan de su vagina hacia sus muslos internos. «Eres tan hermosa»; «Mmm, adoraría saborear tu vagina»; «Me la pones dura, bebé». El chat se llena con cientos de mensajes. Mira directo hacia la cámara con sus ojos azul hielo. Su voz es ronca cuando, entre jadeos, dice:

—Entonces, ¿qué recibo por esto?

Al siguiente ping lo sigue una notificación. Elisa mira la suma en la pantalla con los ojos grandes y se queda sin aliento. Mil dólares. Por el mejor orgasmo de su vida.

A la mañana siguiente, la despierta el sonido del teléfono. Sin mirar quién es, lo toma y responde con voz dormida.

—Hola.

—Hola Elisa, es mamá. ¿Cómo estás? —dice su madre al otro lado del teléfono. Elisa se incorpora en la cama—. No te desperté, ¿o sí?

—No, para nada, me estaba levantando ya. Tengo que salir para el trabajo —responde Elisa.

—Ah, qué bueno, conseguiste trabajo. Papá y yo estábamos tan preocupados por ti. Sabes que siempre te ayudaremos si lo necesitas, ¿verdad? —sigue su madre—. Y bien, ¿qué haces?

—Es en la industria hotelera, pero mamá, creo que tengo que ir a vestirme ya —miente Elisa.

Terminan la conversación y Elisa se recuesta nuevamente en la cama con un gran suspiro. Nunca podrá contarles a sus padres la verdad sobre este verano. No soporta decepcionarlos. Si no hubiera conseguido un trabajo este verano —que de hecho es lo que había ocurrido— sabía que hubieran querido ayudarla, pero también sabía que se sentirían defraudados. Y se sentirían muy desilusionados si les contara que pagaba la renta siendo una camgirl. Nunca entenderían, nunca querrían entender. Todos saldrían beneficiados por su mentira, todos menos ella. Sus pensamientos cambiaron al pensar en todo el dinero que había hecho en las últimas dos noches. Hoy llamará a Josephine y finalmente podrá sugerir un plan para hacer algo juntas.

Mayo acaba de transformarse en junio. Hace mucho calor afuera con una temperatura de unos 30 grados. Elisa y Josephine pasaron el día en la playa y ahora beben un vino rosé al atardecer. Todavía hace calor afuera, pero ellas sienten fresco debido a la cantidad de baños de mar que se dieron. Durante todo el día Elisa ha meditado si contarle a Josephine sobre su *trabajo de verano.*Su miga tiene un amplio criterio y ha probado la mayoría de las cosas; es muy abierta sobre el sexo y la libertad de disfrutarlo incluso con personas que apenas conoces, y probablemente sería la última persona en juzgarla. Elisa tuvo muchas oportunidades para contarle. Hubiera sido perfecto sacar el tema cuando le contó sobre su último encuentro con alguien de Tinder o cuando le describió una de sus tantas citas en la que se había embarcado.

Aun así, algo hace que Elisa no le cuente. De cierta manera, le gusta que sea su pequeño secreto. Todavía es una principiante con tanto por explorar y descubrir, y quiere hacerlo en privado. O al menos en la privacidad compartida con cientos de admiradores anónimos. Si le cuenta a Josephine o a alguien más, teme que la magia se pierda. Por lo tanto, Elisa abraza a Josephine para despedirse sin decirle nada y con la promesa de mantenerse en contacto. Más tarde esa noche, cuando Elisa inicia su tercera transmisión en vivo, algo cambia. Cierra las persianas e inicia la transmisión como si fuera a ver una película en Netflix mientras se prepara sobre la cama, como si fuera algo completamente normal. Sin embargo, en lugar de leer comentarios o esperar a que alguien le pidiera que hiciera algo, sabe exactamente qué quiere hacer. Esa noche es su noche.

Elisa se arrodilla sobre la cama. Le da la espalda a la computadora que transmite su imagen a cientos de pantallas en el mundo. Tiene la piel un poco enrojecida por las horas al sol. Sus diez dedos blancos sobresalen bajo su trasero blanco. Está completamente desnuda pero, sobre sus pies y entre sus nalgas, algo brilla. Su tapón anal descansa allí como si fuera una pieza de joyería fina. De pronto abre las piernas, aún con las rodillas apoyadas. Mira la pantalla para asegurarse de que esté en vivo. Deja que una de sus manos baje hasta su entrepierna. Se toca el clítoris con el dedo índice derecho. Hacia arriba y hacia abajo. Se concentra en cómo se siente cuando explora cada pequeño pliegue. Cierra los ojos y lee su cuerpo con los dedos, como lo haría un ciego leyendo braille. La otra mano sube por su cuerpo y los dedos encuentran sus pezones endurecidos. Toma uno con firmeza y deja escapar un suspiro de placer cuando lo suelta. Elisa puede sentir cómo su ano se aprieta y relaja en torno al tapón.

Algo late dentro de ella. Se siente tan bien que la sensación por sí sola la hace mojarse en dos segundos. Pero también están sus dedos. Con su dedo índice mojado dibuja círculos sobre el clítoris por unos minutos antes de deslizarse dentro de su vagina. Se frota contra su propia mano y contra sus dedos que empujan cada vez más adentro de ella. Todo el tiempo, piensa en todas las personas que la pueden ver hacerse el amor a ella misma, todos los que pueden ver su placer y que lo comparten. El pensamiento de ser observada la calienta más. No tiene idea de quiénes son, ellos no tienen idea de quién es ella, pero han visto más de ella que ninguna otra persona. Han visto más de ella de lo que ella misma vio. Comparte algo muy especial con estos hombres y mujeres.

Elisa toma el consolador con el vibrador incluido. Separa sus piernas más aún y lo coloca debajo de ella. Aún le da la espalda a la cámara. Con una mano sostiene el consolador en su lugar para pasar sobre él con su vagina hinchada y húmeda. El volumen de su laptop está en silencio, pero Elisa está segura de que si tuviera sonido, hubiera escuchado un ping detrás del otro notificándole las transferencias y propinas que llegaban. Especialmente ahora que baja hacia el consolador y lo hace desaparecer dentro de su cuerpo. Su vagina apretada lo exprime y mientras la penetra, puede sentir el tapón anal moverse en el otro lado de su cuerpo. Baja hasta la base del consolador, hace una pausa de unos segundos para respirar entre gemidos, y vuelve a subir. Un sonido húmedo se escucha cuando el consolador sale de ella. Hilos de sus fluidos une al consolador rosado con su vagina. Lame sus dedos y desciende una vez más, esta vez más rápido. Duro. Puede sentir cómo el consolador la llena, cómo envía descargas de placer hacia todo su cuerpo. Lo monta cada vez más rápido. Mantiene los ojos cerrados. En su cabeza imagina que el consolador es el pene duro de alguien y que ella lo está montando frente a la audiencia. Jadea muy fuerte. Está llena en ambos lados y adora la sensación. Enciende el vibrador y las dos pequeñas orejas de conejo comienzan a estimularle el clítoris. Cada vez que se desliza arriba y abajo, siente el vibrador.

Elisa sabe que está cerca del orgasmo. Lo siente crecer. Comienza profundo en su interior, una sensación cálida que se expande por su estómago y hacia sus piernas. Se tensa. Flexiona los abdominales y se pueden ver todos sus músculos contraídos. El cuello se hace más largo al empujar la barbilla hacia afuera, casi como si estuviera tomando una bocanada de aire antes de desaparecer bajo la superficie del mar. Su boca está muy abierta en forma de O. Sus caderas se balancean y bailan contra el consolador. Empuja cada vez más adentro mientras el vibrador continúa estimulando lo puntos correctos. Su cara se transforma en un gesto de casi derrota. Luego se entrega. Deja de resistirse. Su boca cambia una larga exhalación por un gemido profundo y vibrante que dura hasta que inhala nuevamente. Su vagina mojada late con fuerza. Se frota contra el vibrador. En cada oleada de placer que arrastra todo su cuerpo, empuja sus caderas hacia él. Puede sentir que el tapón anal quiere salirse, pero su trasero está demasiado apretado para que pueda hacerlo por sí solo. Continúa gimiendo hasta que paulatinamente los jadeos se van desvaneciendo. Como el vibrador sigue estimulándola, se sacude incontrolablemente hasta el punto de casi tener que lanzarse fuera de él. Colapsa sobre la cama y por primera vez en su vida entiende por qué lo llaman «la pequeña muerte».

Luego de un par de minutos para recuperarse, voltea hacia el computador y ve cómo está llegando el dinero. Lee los comentarios con una gran sonrisa sobre su cara. DaddyDom, uno de sus más fervientes seguidores, escribe: «y ahora lo haces de nuevo, de frente».Una sensación de cosquilleo recorre el estómago de Elisa. Aún gotea, está tan mojada. No tiene que pensarlo dos veces para responder.

—Bien —dice casi con excitación infantil antes de recomenzar.

La siguiente noche se la toma libre. Se da cuenta de que no tiene la necesidad de transmitir por un par de días. Quizás ni por una semana. En tres noches, Elisa ha hecho dinero suficiente para cubrir su renta y comida y aún así le queda dinero extra para disfrutar el resto de junio. Está a punto de ir a ver a Josephine y el resto del grupo, fuera del bar a la vuelta de la esquina, cuando echa una mirada a su laptop. Todavía está en la silla al final de la cama con el tapón anal y el consolador a su lado. La máscara de gato está sobre la cama junto a la silla. Elisa sonríe y piensa en la primera noche. Recuerda que estaba tan nerviosa que casi temblaba, que no había podido tener un orgasmo hasta después de terminar la transmisión y lo avergonzada que se había sentido al día siguiente. En ese momento, todo le parecía tan mal y tan prohibido. Echa una mirada al reloj de pared. Son las siete y cuarenta y cinco de la tarde. Tiene quince minutos antes de salir.

Al calor de la noche de verano, cierra las persianas, enciende su laptop y deja caer sus ropas al piso, prenda a prenda. Se desnuda por completo y aunque sabe que lo que está haciendo está mal, nunca se sintió tan bien.

Sugar girl

El año pasó rápidamente. Elisa apenas se percata del cambio de estación, cuando despierta en una ciudad estudiantil vacía y una sensación de *déjà vu* se apodera de ella. Una vez más, el verano se apodera de la ciudad. Todos los estudiantes se han marchado a trabajar o regresan a casa. Los departamentos estudiantiles quedan vacíos y los bares están cerrados por la temporada. Este año, todos los amigos de Elisa dejan la ciudad por diferentes motivos. Ni siquiera Josephine se queda. Elisa visualiza su verano — solitario y lento — y se plantea conseguir un trabajo de verdad. Es decir, uno apropiado.

Este año ha renovado a Elisa por completo. Al empezar el nuevo semestre, luego de las vacaciones de verano, visita un par de bares rebosantes de estudiantes. En más de una ocasión regresa a casa con algún chico y le permite explorar su cuerpo, del mismo modo en que lo había hecho un par de meses atrás. La vida es más llevadera ahora, como si tuviera algún propósito.

Le va muy bien en sus estudios, también. El estrés de la deuda del préstamo estudiantil en aumento había quedó atrás cuando decidió seguir trabajando como *camgirl,* en paralelo a sus estudios. No lo hacía exclusivamente por el dinero.

Encontraba tal placer en saber que era observada por desconocidos que la compensación económica casi no importaba. Claro que era un extra fantástico, un bono que le permitía pagar el alquiler y la comida. Pero este verano es más pegajoso y caluroso que de costumbre, así que Elisa no se anima a pasar sus días y noches desnuda frente a la computadora. Tampoco quiere trabajar en un hotel, aunque eso es lo que sus padres piensan que hará este verano. No, Elisa quiere ver el mundo.

Quiere tomarse unas vacaciones reales y descansar para el año siguiente, que será el último, antes de graduarse. Es su oportunidad de divertirse un poco. Al graduarse tendrá que conseguir un trabajo y entonces será demasiado tarde. El viernes transcurre con lentitud. Acostada en su pequeño departamento, Elisa observa cómo el cielo azul se torna rosa y luego oscurece. Con el portátil sobre el regazo, investiga viajes de último minuto. Rápidamente se da cuenta de que sus ahorros del año no le permiten costear un viaje, además de pagar el alquiler.

Por lo tanto, debe retomar sus transmisiones. Ha reunido una entusiasta fanaticada y todos ven la mayoría de sus videos. De cierto modo, forman una especie de familia pequeña y muy disfuncional. Elisa está a punto de comenzar a transmitir en vivo y se da cuenta de que tiene un mensaje privado. No suele leer mensajes privados, pero este proviene de un alias que conoce bien: DaddyDom. Es un hombre que ha estado con ella desde el primer día.

Decidieron encontrarse en una cafetería cercana. El corazón de Elisa late con fuerza y sus nervios la dominan. Mil cosas se le ocurren de camino a la cafetería. Lleva un vestido negro, corto y sus labios están pintados de rojo. Su cabello está recogido en un moño. Él había sido muy específico respecto a cómo quería que ella luciera y Elisa se sintió aliviada de no tener que elegir su propio atuendo. Después de todo, ¿cómo te vistes para conocer a quien potencialmente será tu *sugar daddy*?

Lo divisa desde lejos. Está sentado a la mesa y bebe lo que parece ser un expreso doble. Lleva pantalones negros, correa y zapatos de cuero negro y una camisa gris claro. El pulso de Elisa se acelera. No sabía qué esperar exactamente, ¿tal vez un hombre mayor, gordo y con calvicie incipiente? Pero definitivamente, un cincuentón guapo y en forma, con hebras plateadas en su barba era lo último que esperaba. ¿Así se ve Claude?

—Oh, Elisa —dice el hombre mayor con una sonrisa—. Siéntate. Me tomé la libertad de ordenarte un capuchino.

La estudia cuidadosamente con sus ojos verdes, haciéndola sonrojar. Se sienta en el sillón frente a él, el único obstáculo entre ambos es la mesita de centro. Le tiemblan las manos al tomar la taza de café y termina derramando un poco sobre la mesita.

—Mierda —susurra y al estirar una mano en busca de una servilleta, él la envuelve con la suya.

Ella lo mira a los ojos y él le sonríe con suavidad.

—No te pongas nerviosa, Elisa —dice con suavidad, apretando su mano fría y temblorosa entre sus dedos cálidos.

Entonces, ella recuerda su charla de la noche anterior. Específicamente recuerda el mensaje que abrió por casualidad. «¿Alguna vez has considerado ser una *sugar baby*?» Aunque apenas sabía lo que significaba, el desconocido estaba feliz de explicárselo. Lo describió como un contrato de negocios en el que dos personas acuerdan que uno de los dos pagará por todo a cambio de la compañía del otro. Elisa no respondió de inmediato. Cerró el mensaje y estaba a punto de comenzar a transmitir en vivo, pero lo comprendió. Si aceptaba la oferta de ese hombre, no tendría que seguir con sus transmisiones.

Y no tendría que trabajar más por el verano. Al final, acordaron reunirse al día siguiente para discutir con detalle lo que ambos esperaban del acuerdo. Para ver si eran compatibles. Así que, aquí estaban. Elisa está nerviosa y Claude simplemente sonríe. Y no le quita los ojos de encima, ni siquiera mientras limpia el café que ella acaba de derramar.

—Entonces, Elisa —comienza a decir Claude.

—Me alegra que hayas aceptado verme hoy.

Elisa le dirige una sonrisa nerviosa y asiente con suavidad. Su único pensamiento es: «Cielos, es tan sexy».

—Cómo te escribí ayer, me interesa el *sugar dating*. Lo que quiere decir que estoy buscando a una mujer joven que esté dispuesta a pasar el verano conmigo. —Se detiene y baja la voz.

Estoy buscando a alguien disponible para eventos y viajes, y que quiera hacerme compañía. Acepto una relación enteramente platónica; pero si mi compañera quisiera algo físico, estaría encantado de complacerla. En forma de pago, esa persona estaría muy muy mimada. Y quiero que tú seas esa mujer.

—De acuerdo —es lo único que acata a decir Elisa, tras el largo silencio que los envuelve cuando Claude deja de hablar.

Se siente muy fuera de lugar con este hombre, en una cafetería diminuta con su café derramado. Todo se siente como un sueño del que podría despertarse si se pellizca un brazo con fuerza.

—Me doy cuenta de que no estás segura de estar nerviosa. —Sus ojos brillan y exhibe sus dientes al sonreír. Pero siempre consigo lo que quiero y está vez no será diferente.

Elisa siente un cosquilleo entre las piernas. La mirada de Claude es increíblemente intensa. Tiene labios carnosos tras los que esconde una sonrisa perfecta que hace temblar sus rodillas. Imagina esos labios sobre su cuello, esas manos fuertes sobre su cuerpo y no le queda más alternativa más que aceptar la oferta. Ahora ella es una *sugar baby* y él es su *sugar daddy*.

Claude es tan adinerado como sexy Cumple su promesa y mima a Elisa con ropa, joyas y cenas elegantes. Pasan dos meses viajando juntos. Viajan a Berlín, París, Milán, Venecia, Creta, Córcega y muchos otros lugares del mundo. Al principio, Elisa se siente un poco incómoda en compañía de Claude, pero a medida que pasa el tiempo se conocen mejor. Él no sólo es generoso, encantador y dulce; también es inteligente y divertido. Realmente se preocupa por ella y siempre se encarga de que esté bien.

Se besan por primera vez luego de dos semanas: Una vez que Elisa prueba sus labios está segura de que se siente atraída por él. En una terraza privada con vista a la Torre Eiffel, ella deja que sus fuertes manos la despojen de su ropa interior. La acaricia suavemente como si temiera hacerle daño y su mirada está en llamas. Se asegura de que esté lista para deslizar su pene dentro de ella. En el instante en que la penetra, ella se pregunta por qué no se lo había permitido antes. Claude la toma desde atrás, al principio lentamente y con suavidad, y luego más rápido.

Él se apoya en su espalda y roza su clítoris con los dedos, mientras la embiste. La masturba al mismo tiempo que la penetra. Sentir el peso de su cuerpo la hace sentir segura, aunque no pueda moverse. Saber que está bajo su control absoluto le arranca un gemido, al sentir que el orgasmo está cerca. Él sabe exactamente lo que hace. Esa noche, los residentes de París escuchan los gritos de placer de Elisa. Su voz retumba entre los edificios. Abandonan París y continúan viajando alrededor del mundo. Claude es insaciable en lo que respecta a Elisa y ella comprende que el sexo es mucho mejor en pareja. No pueden estar alejados el uno del otro.

Caminan por la ciudad tomados de la mano. Ahora están en Copenhague y más tarde asistirán a la inauguración de una galería. Claude insiste en que lo acompañe como su cita y Elisa acepta antes de considerar lo que eso implica. Sería presentada como su novia, por primera vez, en un evento importante y público en medio de sus colegas y amigos. Ella sabe muy bien que será conocida como la nueva chica de Claude, su nuevo accesorio. Y que todos sabrán que no era una relación real.

Muchas chicas se sentirían humilladas por no ser más que una mujer más en la lista. Elisa, en cambio, lo encuentra embriagante. Disfruta las miradas que recibe de los hombres y mujeres con que se cruzan en la calle. Sabe que todos piensan lo mismo: ¿qué hace una mujer tan joven con un hombre tan viejo como él? Si alguien los mira por mucho tiempo o les dirige una mirada de reprobación, Elisa se para en puntas de pie y besa a Claude. Apasionadamente. Justo en sus narices.

—Entonces... ¿Qué me pongo ésta noche? —pregunta Elisa mientras pasean.

Claude tiene la mano dentro del bolsillo de sus pantalones y le aprieta la nalga derecha con fuerza. Ella deja escapar una risita y siente el hormigueo familiar. La idea de que puedan verlos, de que puedan ver las manos de Claude en su cuerpo, la hace sentir atrevida y caliente.

—Eh, ¿nada? —dice él con una sonrisa. Ella sacude la cabeza y ríe.

—No, en serio. —Insiste—. ¿Qué debería usar?

Visitan un par de tiendas en busca de un vestido. Son tiendas muy exclusivas y ella ni siquiera conoce la mayoría de las marcas allí. Tiene miedo de mirar el precio en las etiquetas, aunque sabe que Claude lo pagará de todo. Un vestido no es nada para él. Elisa no sabe si Claude sobornó a las dependientas para tener más privacidad o si está dispuesto a correr el riesgo. Pero cuando se dispone a probarse uno de los vestidos, él aparece de repente detrás de ella, en el probador. Cierra la pesada cortina y mira su reflejo en el espejo.

Acaricia su brazo con dedos cálidos y hace que su piel se erice. Todo esto es tan nuevo para Elisa. Aunque lleva más más de dos meses con Claude, todavía no se acostumbra a estar en la cima de su pedestal. No está acostumbrada a los regalos, al dinero ni a su insaciable apetito sexual. No se acostumbra a su sed de intimidad y a su piel cálida. El verano pasado, Elisa se embarcó en un viaje de autoexploración a través de la masturbación y no imaginó que algo pudiera ser mejor que eso. Entonces Claude llegó a su vida y le demostró lo contrario.

—Claude, alguien nos puede escuchar —susurra Elisa mientras él desliza una mano entre su ropa interior y comienza a acariciarla.

—Exacto. —Él sonríe con una chispa en sus ojos y ella suspira.

No puede, y no quiere, resistirse. Además, el hecho de que puedan ser descubiertos en cualquier momento es muy excitante. Todo comienza con suavidad. Como la sensación oscilante en su cuerpo. Él la toca despacio con sus dedos fuertes y ásperos. Ambos sostienen la respiración en el silencioso probador. Atentos a todos los sonidos, al más mínimo movimiento. La espalda de Elisa está presionada contra el espejo frío y jadea con fuerza. La mirada de Claude se oscurece y aplica más presión a sus movimientos. Sabe exactamente qué hacer para hacerla perder la cabeza. Ella cierra los ojos y abre las piernas, permitiéndole mayor acceso a su calidez y humedad. Las dependientas caminan fuera del mostrador y no tienen idea de lo que sucede tras la cortina.

Claude se arrodilla frente a ella y le separa las piernas, con las manos en la parte interior de sus muslos. Lleva la boca hasta su vagina y dibuja círculos con la lengua alrededor de su clítoris. Lo succiona y le aplica presión con su lengua; el clítoris palpita y envía descargas eléctricas por todo su cuerpo. Ella gime contra su mano. Siente su sangre hervir y está desesperada por obtener alivio. De otro modo explotará. Ella lucha por ponerse de pie, pero sus piernas tiemblan y Claude gime contra su vagina.

—¡Acaba para mí, acaba para mí! —Gruñe él entre sus piernas, ella se cubre la boca con ambas manos e inclina la cabeza hacia atrás.

Las vendedoras evitan mirarlos cuando salen de la tienda, dos minutos después, tomados de la mano y llevando un costoso vestido negro. Ambos están sonrojados, el cabello de Elisa es un desastre y la billetera de Claude está más ligera.

El vestido negro es tan ajustado que Elisa casi se siente incómoda. El escote es pronunciado y aunque sus senos no son muy grandes, Claude no puede quitarles los ojos de encima. Una voz dentro de su cabeza le susurra: «Visualiza la fiesta, todos allí te desearán.» La sola idea le produce escalofríos y deja que Claude la guíe a través de las puertas abiertas. Son recibidos por un par de copas con champán. Ella saborea la bebida seca y burbujeante. Sabe que necesitará al menos tres copas más para poder relajarse. Claude percibe lo nerviosa que está, le rodea la cintura con un brazo y la acerca a él.

—Saludaré a un par de personas, tal vez compre un cuadro, y luego volveremos al hotel y retomamos donde lo dejamos esta mañana —le susurra al oído.

Roza el lóbulo de su oreja con los labios. La sensación de la barba hace que ella cierre los ojos y suspire, mientras fantasea con sentirla en el interior de sus muslos. Se queda junto a Claude toda la noche. Los demás invitados son mayores y no conoce a más nadie. Se siente segura mientras camina junto a él, hablando sobre muestras de arte de diversa calidad. Desde que entran en la galería, se siente observada y el sentimiento no desaparece; a lo largo de la noche, se tropieza continuamente con las miradas de hombres sonrientes y mujeres disgustadas.

Cuando hace fila fuera del baño, sin Claude, nerviosamente fingiendo que revisa su celular, oye que dos mujeres danesas comentan algo y se ríen. Levanta la vista y se da cuenta de que ella es el objeto de su burla. Pasa saliva con fuerza y vuelve a bajar la mirada, este es el lado oscuro de ser la *sugar baby* de Claude. Los celos.

—¿Elisa? —La voz familiar solo puede pertenecer a una.

Alguien con quién Elisa pasó gran parte de su juventud. Alguien con quien compartió risas y lágrimas. Una voz que llegó a amar. Se da la vuelta y se topa con la mirada de Victor. Las risas crueles pasan a un segundo plano.

—¡No puedo creer que seas tú! ¿Qué estás haciendo aquí? —le dice sonriente y se acerca para abrazarla.

Claude aparece detrás de Elisa y posa una mano sobre su hombro, en señal de protección. Elisa percibe la confusión de Víctor en su ceño fruncido. Sus brazos caen a los lados.

—Estoy aquí con... con mi novio.

Suena más a interrogante que a respuesta. La confusión de Victor se convierte rápidamente en desprecio. Esgrime una expresión de disgusto y retrocede un paso. Claude estrecha la mano de Victor educadamente, como el caballero que es. Victor responde con un apretón mucho más brusco de lo necesario y luego se excusa. Lo ve desaparecer entre la multitud y siente una punzada en el corazón mientras Claude le susurra al oído.

—¿Y quién era ese niño?

—Nadie —dice Elisa.

Las lágrimas luchan por salir, pero ella se obliga a sonreír. La velada continúa, y ella desempeña muy bien su papel. Claude la presenta a cada una de los "importantes" (en sus propias palabras) y Elisa los deja boquiabiertos con su mirada, su timidez y su inteligencia. Claude disfruta caminar junto a ella, se siente como el rey de la fiesta. Nota cómo sus amigos, hombres de su edad, devoran a Elisa con la mirada y cómo son despreciados por sus esposas, aunque probablemente a quien odian es a Elisa.

Por su parte, ella siente un par de ojos marrones conocidos que intentan mantener contacto visual, entre la multitud. Mantiene la mirada baja para evitar la mirada de Victor y sólo la levanta para mirar a Claude o a quien sea que él le presente. Y funciona. La noche transcurre satisfactoriamente y cuando Claude se aleja de su lado para ir al baño, casi olvida que Victor está allí. Mientras espera sola con su copa de champán, detalla una pintura fea y probablemente muy, muy costosa; entonces escucha la voz de Victor por segunda vez en la noche.

—¿Cómo se te ocurre Elisa? Ese hombre te está usando. ¿No te das cuenta? —dice Victor furioso—. ¡Es asqueroso! ¿Qué edad tiene? Podría ser tu padre.

Elisa suspira y se da la vuelta para mirar a Victor, que luce muy enfadado. Ha bebido demasiado y apesta a alcohol.

—Victor, ya basta. Vete a casa —dice ella por lo bajo, mortificada por no atraer más atención. Le preocupa que Claude aparezca de nuevo y discuta con Victor.

—¿Que me vaya a casa? ¡Te está usando! —Escupe al hablar, de lo furioso que está.

Elisa también empieza a molestarse. Le molesta que Victor la haya dejado por otra. Le molesta que esté parado frente a ella, fingiendo que ella le importa.

—Pero, ¿no entiendes que yo también lo estoy usando? —grita ella mirándolo a los ojos—.

¿Crees que me acostaría con él y le haría una mamada sin obtener nada a cambio?

Las palabras golpean a Victor en el rostro como un puñetazo. Se odia a sí misma al ver el asco en la cara de Victor, y se da cuenta de que el asco va dirigido a ella y no a Claude.

—¿Hay algún problema aquí? —Claude extiende una mano sobre el hombro de Victor y le da un apretón suave pero firme.

Elisa siente que su corazón da un vuelco y, por primera vez en la noche, se da cuenta de que también ha bebido demasiado. El champán se le revuelve en el estómago cuando ve a Victor sacudirse la mano de Claude y largarse diciendo palabrotas. Su mirada se enfoca en Claude, percibe decepción e ira en sus ojos. No dice nada, no hay necesidad.

—Regresaré al hotel —susurra ella con lágrimas en sus mejillas.

Aunque Claude obviamente está molesto por lo ocurrido, se toma su tiempo para limpiarle las lágrimas y besar su frente.

—Toma un taxi, no quiero que camines sola por ahí en la oscuridad —susurra.

Ella envuelve sus hombros en una bufanda y sale de la galería. Considera seguir el consejo de Claude y tomar un taxi, pero el calor de la noche se bien contra su piel caliente. Siente ganas de caminar, en esas condiciones. Tendrá que concentrarse en mantenerse de pie y caminar, en lugar de pensar en esos ojos marrones. Esos ojos marrones que ahora tiene al frente. Victor la está esperando afuera. Su ira se vuelve desesperación al acercarse a ella. Sin mediar palabra, toma sus mejillas con sus manos calientes y cariñosas y la besa con pasión. Le toma un segundo entender lo que está sucediendo, aunque ya para entonces es demasiado tarde. Sus manos están enredadas en su cabello y su boca lo recibe. Lo deja entrar.

Su plan era caminar sola por una Copenhague en penumbra y respirar el aire fresco y reconfortante de la tarde. Luego llegar al hotel, beber un poco de agua e ir a la cama Ahora, en cambio, está sentada en un taxi camino a otro hotel con Victor. Elisa no tiene idea de que está haciendo él en Copenhague. Tampoco planea preguntárselo. Lo único que le importa ahora es sentir sus labios contra los de ella. Sus manos sobre ella, ávidas y desesperadas por compensar el tiempo perdido. Ha pasado más de un año desde que vio a Victor, después de dejarla por otra persona.

Pero ahora nada de eso importa. El hecho de que Claude esté a punto de tomar un taxi rumbo a una habitación de hotel vacía, tampoco le importa. La impulsa el deseo y todo lo demás es confuso. Surrealista. Desea a Victor. El taxi se detiene frente al hotel, y dos minutos después su ropa está en el piso de la habitación. No hablan, las palabras están de más. Prefieren dejar que sus cuerpos se reencuentren. Cuando él la besa no se retira — como siempre hacía cuando estaban juntos — sino que abre la boca y le permite explorar su lengua con la suya. Deja que sus salivas se mezclen.

Su pene ya está duro. Lo siente contra el muslo mientras están de pie, envueltos en un abrazo. La sensación la hace gemir directamente contra la boca de Victor Hasta este momento no sabía lo mucho que había extrañado sentir su cuerpo.

—Te quiero dentro de mí. —Gime mientras él besa su cuello.

Desliza la lengua desde el lóbulo de su oreja hasta su clavícula.

—Ahora —dice ella.

Victor se toma su tiempo. Se mueve despacio, haciéndola desesperar. Ella lo desea rápido y duro, con pasión. Quiere que acaben juntos y así encontrar la liberación. Pero Victor se toma su tiempo. La acuesta sobre la cama con delicadeza y sigue besando su cuello. Sus labios se sienten como llamas en su piel, excitándola aún más. No deja de pensar lo mucho que desea que la bese allí abajo y hasta intenta empujar su cabeza. Pero él simplemente ríe y sacude la cabeza. Sus ojos marrones y su mirada amable exhiben un destello de triunfo, es perfectamente consciente del efecto que tiene sobre ella. Elisa jadea al sentir la lengua acariciar sus pezones.

Victor los humedece con su saliva, los baña de besos y levanta la mirada. Observa sus senos por un instante, luego los sopla. Y ella vuelve a jadear cuando el aire frío endurece sus picos. Abre los ojos para encontrarse con los de Victor.

—Por favor, Victor, lámeme —susurra y una sonrisa brilla instantáneamente en el rostro de él.

—¿Es mi impresión o acabamos de tener el mejor sexo de nuestras vidas? —La respiración de Victor se escucha en la oscura habitación.

Son las tres de la madrugada y el sol se está asomando. Ella presiona un oído contra su pecho para escuchar el latido de su corazón que se esfuerza por bombear sangre al cuerpo. Abre los ojos y se gira para encontrarse con su mirada. Luce genuinamente feliz.

—Quiero decir —continúa con cautela—, nunca fue tan bueno mientras estábamos juntos. No parecía que lo disfrutaras, antes. Pero ahora... ¡Vaya, Elisa! Se ríe y la estrecha, la acerca a él y deposita un beso en la parte superior de su cabeza.

A la vieja Elisa le había encantado esto, acurrucarse junto a Victor. Pero la nueva Elisa siente ganas de escapar a su propia piel. Todo esto es una locura. Dejar a Claude para dormir con Victor. El orgasmo la devuelve a la realidad.

—Debo regresar al hotel. —Se sienta y ahora está consciente de su desnudez.

Desearía que Victor se diera la vuelta y se durmiera. Pero él toma su mano.

—¿Qué? No estarás queriendo decir que me dejas por *él*, ¿verdad? —Cuando el nombre de Claude deja los labios de Victor, suena tan asqueado que Elisa siente vergüenza.

—Acabo de salvarte de ese vejestorio. ¡No tienes porqué regresar! —insiste Victor, mientras aprieta su mano cada vez más fuerte.

—Victor...—empieza a decir ella, pero él la interrumpe con un beso.

—Vamos a intentarlo de nuevo, Elisa. Ahora eres otra persona completamente diferente. De haber sabido que esto sucedería, no habría... Por favor no te vayas. Todo se fue a la mierda sin ti. Te amo. —susurra en su oído.

La habitación da vueltas. Elisa se queda sin palabras. Necesita una bebida fría. Y tomar aire fresco. Sin mediar palabra, se separa de Victor. Se pone de nuevo la ropa interior y el vestido, en silencio. Tropieza con sus tacones en el pasillo y, antes de cerrar la puerta, echa un último vistazo a Victor. Está sentado al borde de la cama, con el rostro entre sus manos.

—Tengo que pensarlo, Victor.

Y luego se marcha.

Al entrar a la otra habitación de hotel, sostiene la respiración en espera de algún sonido o movimiento. Pero todo está en completo silencio a excepción del suave vaivén de una cortina contra la ventana abierta. «Está dormido», piensa ella y siente alivio. Si logra deslizarse en la cama sin despertarlo, tal vez pueda salirse con la suya. Tal vez pueda fingir que se perdió de camino al hotel y decirle que ya estaba dormido para cuando llegó. Deja los tacones sobre la alfombra de entrada y camina por el pasillo. Entra con sumo cuidado y jadea al verlo.

Claude está sentado sobre la cama, totalmente vestido y observa su ridículo intento de entrar a hurtadillas.

—¿Consideraste que ya era tiempo de volver? —No luce molesto ni triste.

Sólo luce cansado. Luce como un hombre que pasó la noche en vela, preocupado. Y no le sorprendería que hubiera hecho exactamente eso.

—Yo ... —Comienza la oración, pero no tiene idea de cómo terminarla, así que deja las palabras flotar en medio de los dos.

El silencio es intolerable. Claude suspira y se pone de pie. Cierra la distancia entre los dos y ella casi entra en pánico. ¿Qué pretende hacer? Pero sigue de largo y el viento a su paso sopla el cabello de su rostro. Seguramente se marchará y la dejará allí sola. Se lo merece, después de todo, por engañarlo. Sin embargo, él toma su mano y besa su cuello.

—Al menos déjame mostrarte lo que te estás perdiendo —susurra en su oído mientras sus dedos encuentran la cremallera oculta de su vestido.

La sensación de los dedos cálidos y fuertes contra su espalda le produce escalofríos. Su vestido y su ropa interior caen al piso. El frío de la habitación eriza los vellos de su piel y endurece sus pezones Sobre su cuerpo quedan vestigios invisibles de las caricias de Victor, pero Claude los borra rápidamente. Caminan hasta la cama. Se siente impulsada por la decepción, la frustración y la vergüenza. Besa a Claude con ganas mientras deja que sus grandes manos se apoderen de su cuerpo, lentamente. Él aprieta sus pequeños senos con fuerza suficiente para dejar marcas rojas en su piel rosada.

Inserta dos dedos gruesos, sin piedad, y ella gime en su boca. A pesar de haber acabado hace menos de una hora, está cerca del clímax otra vez. Sus músculos se tensan y Claude la siente contraerse alrededor de sus dedos. Cuando ya la tiene justo donde la quiere, retira los dedos y la deja allí, trémula y frustrada.

—Sigue, por favor, sigue —gime ella con una mirada suplicante.

Claude se para junto a la cama y la observa tendida y suplicante, mendigando su orgasmo. Ella se dispone a terminar lo que él ha empezado y la detiene. Le prohíbe mover un sólo músculo y empieza a acariciarse. Su pene rígido se endurece aún más en su mano, mientras se masturba frente a ella. Por un momento, Elisa piensa que está a punto de estallar y que esparcirá su leche sobre ella. Las señales familiares: sus bolas y sus mandíbulas se tensan. Pero luego se relaja e inhala un par de veces. Algo de líquido preseminal asoma por la punta hinchada y roja de su falo. Su pene se estremece y su respiración es irregular.

—Ponte en cuatro patas —jadea él y ella obedece de inmediato.

Le cuesta trabajo incorporarse sobre sus manos y rodillas temblorosas. Se queda en esa posición por un instante, a la espera. Hasta que siente las manos de Claude en sus caderas, deslizándola hacia atrás para que sus rodillas reposen en el borde de la cama. Posa una mano entre sus omóplatos y empuja su torso con suavidad contra la superficie mullida de la cama. Su trasero está elevado en la posición perfecta para Claude. «Pronto deslizará su pene dentro de mí», piensa Elisa y se prepara mentalmente para la penetración. Se presiona ligeramente contra él.

Claude se deleita con la vista frente a sus ojos, su abertura húmeda e hinchada. Abierta para él, lista para recibirlo. Nota cómo tiembla y se pregunta si es de excitación o temor. Acaricia su vagina y siente que se estremece ante el roce inesperado. Desliza un pulgar por su vagina mojada y gime de sorpresa. Retira el pulgar y lo dirige a su ano. Lo frota hasta que está casi tan húmedo como su vagina. Tiene una enorme erección y ya no puede resistirlo. Debe poseerla de inmediato.

Apoya una mano sobre su cadera y la atrae hacia él, al mismo tiempo que la embiste. Arremete con tal intensidad que ella grita en voz alta. Se aferra a la colcha con todas sus fuerzas, como si su vida dependiera de ello. Introduce el pulgar, que en principio reposaba cerca del ano, hasta el fondo de su agujero más estrecho y aprieta una nalga con el resto de dedos, mientras la coge con fuerza. El dedo sumergido en las profundidades de su ano es una sorpresa. Ha usado tapones anales.

Incluso intentó penetración anal con un consolador, pero nunca antes había permitido acceso a otra persona en esa zona. Al menos no hasta ahora. Y oh, Dios mío, le encanta. Le encanta la manera en que sus músculos se aprietan alrededor del pulgar, además de que así puede embestirla cada vez más rápido. Luego retira el pulgar cuidadosamente y vuelve a insertarlo. Elisa se sonroja, casi sintiéndose avergonzada de disfrutarlo tanto. El peso de Claude la empuja hacia adelante hasta quedar acostada sobre su estómago; entonces él retira el pulgar de su ano y sigue penetrándola con ambas manos aferradas a su trasero. Con cada embiste, viene un gemido.

No tiene control alguno sobre los eventos; estuvo cerca del orgasmo y le fue negado, ahora está a punto de acabar otra vez. ¿Se apartará nuevamente? ¿Disfruta torturándola de esa manera? Aunque no puede ver su rostro, adivina por los sonidos de su respiración que está tan cerca como ella. Implora para sus adentros, para que él continúe. «Por favor déjame acabar».

—¿Te gusta? —ruge él entre dientes.

Elisa apenas puede hablar. Cada vez que Claude la penetra, sale de sus pulmones el poco aire que ha logrado inhalar. Claude se aferra a su larga melena roja y la obliga a levantar el mentón.

—¿TE GUSTA? —Su pene ha alcanzado sus rincones más profundos y presiona contra sus puntos más sensibles, dándole un masaje desde el interior.

—Sí, si —gime ella y se siente caer al vacío.

Grita mientras sus piernas se tensan bajo el peso de Claude. Su cabeza cae de vuelta a la cama cuando él libera su cabellera. Una ola de calor se extiende por todo su cuerpo y su vagina palpita con fuerza contra Claude. Ser testigo de su placer y escuchar cómo se entrega al orgasmo, es todo lo que Claude necesita. Cuando la penetra a fondo, se detiene y tiembla con la cabeza elevada. Explota dentro de ella con los ojos cerrados. Tiempo después, ambos reposan sobre la cama y respiran con dificultad.

Claude sigue sobre ella, su cuerpo completamente relajado, y ella está demasiado cansada para quitárselo de encima. «Así es como debe ser el sexo», piensa Elisa. Este ha sido probablemente el mejor sexo de su vida. Sonríe y se esfuerza por dar la vuelta para besar a Claude. Pero algo no está bien.

—¿Claude? —susurra con cautela.

—Recuerda esto la próxima vez que me quieras hacer quedar como un tonto. Puedo darte todo lo que puedas desear, Elisa. ¿Qué puede ofrecerte él? —Claude le aprieta un hombro con fuerza mientras ella observa los pájaros que vuelan libremente a través de la ventana abierta.

El agradable desahogo del orgasmo es reemplazado por una sensación oscura e incómoda que se propaga por su estómago.

Ese mismo día, Claude sale a almorzar con un futuro cliente y Elisa decide dar un paseo. Visita un jardín botánico, el *Botanisk Have*, y rodea la exuberante vegetación. De no ser por el celular vibrando en su bolsillo, se sentiría plena. «Esto es ridículo». Piensa al revisar el teléfono y ver las diez llamadas perdidas de Victor. Decide llamarlo y él responde inmediatamente, jadeando. Treinta minutos más tarde, pasean juntos y él está sonriendo. Probablemente interpreta como una buena señal el hecho de que ella haya accedido a verlo.

Tal vez piense que ella ha decidido aceptar la sugerencia de la noche anterior: ¡vamos a intentarlo de nuevo! Intenta tomarla de la mano, pero Elisa finge interés en una planta que está a un par de metros. Se acerca a la planta de diminutas flores azules y lee la inscripción en una pequeña placa metálica: *Ipomoea tricolo* La flor del día. Victor está parado detrás de ella y la invade la misma sensación de cuando estaba en la cama con Claude. La sensación de estar atrapada, privada de su libertad. Siente el peso de las expectativas de Victor y de las exigencias de Claude.

Ambos quieren que ella tome una decisión. Y ninguno de los dos está preparado para esa decisión y sus implicaciones.

—¿En qué piensas, Elisa? —Esta vez logra tomar su mano y la atrae hacia él con cuidado.

Algo dentro de ella estalla. Se pone furiosa. ¿Cómo se atreve a aparecer un año después, muerto de celos, ahora que finalmente lo superó? ¿Cómo se atreve a fingir que le importa, sólo para traicionarla en la primera oportunidad?

—No necesito que me salves, Victor. —Lo mira con amargura y retira la mano.

¿Realmente había amado a éste hombre? ¿Realmente lo había extrañado, añorado?

—Y no quiero intentarlo de nuevo. No funcionamos bien juntos. No hay ningún sentimiento que rescatar. Lo de ayer no fue más que sexo. Nada más. —Sus duras palabras lo obligan a retroceder.

La vieja Elisa habría saltado en sus brazos, gritando «¡sálvame!». Pero ya no es esa chica. La nueva Elisa le da la espalda y se aleja. Lo deja solo, como él la dejó a ella.

Juguetear con Claude había sido divertido siempre y cuando fuera libre. Había disfrutado ser cortejada y apreciada, le encantó haber estado en la cima de su pedestal. Pero de repente toda esa dicha había desaparecido. Y en su lugar había una competencia. Victor quiere salvarla. Claude la controla con más intensidad. Le da más dinero que antes. Le compra fantásticos obsequios. Se suponía que el verano de independencia y la posibilidad de explorar aún más su cuerpo (junto a alguien más) sería divertido y descomplicado, ahora está lleno de reglas y ansiedad. Ha perdido el control.

De hecho, se siente cada vez más controlada por los hombres que la rodean. Suficiente. Esa noche, mientras cena con Claude en el restaurant del hotel, no se dicen mucho. Claude no puede dejar de pensar en el pasado de ella, en la diferencia de edad y en el hecho de que siempre habrá alguien más joven y guapo con quien ella querrá estar. Pero ellos no tienen tanto dinero como él. Puede comprar su compañía, pero sabe que nunca podrá comprar su amor, por mucho que lo intente. Él sabe que todo terminó, lo sabe por su mirada vacía. Ella parece estar en otro lado. Aclara su garganta y le dice:

—Elisa, tienes que elegir.

Al cruzar la puerta, se encuentra con una montaña de cartas, facturas, volantes y revistas. Les pasa por encima y mira a su alrededor. La cama sigue allí, tal como la dejó, desordenada y cubierta de libros. Su computadora está sobre la silla al pie de la cama y las plantas en el alféizar de su ventana están muertas. Huele a una mezcla de café, perfume y polvo. Está de vuelta en su diminuto departamento. Y está sola, por primera vez en su vida. Sonríe y siente sus pulmones colmados de aire. Siente cómo se inflan en su pecho. El olor a casa, a libertad. Está dichosa de haberse escogido a ella misma.

Show girl

—¡Brindemos por Elisa! —Su padre le sonríe. Su mirada, su postura y su tono de voz lo delatan: está muy orgulloso. Los amigos y la familia de Elisa están reunidos en el jardín, deseándole éxito y suerte. Elisa está sentada en medio de la fiesta, mientras sonríe y ruega mentalmente que la tierra se la trague.

—Entonces, Elisa, ¿qué harás ahora? —continúa su papá—. ¿Por qué no subes aquí y le cuentas a todos tus planes futuros?

Ahí está. La sentencia mortal. Elisa mira todas los rostros expectantes y curiosos que la rodean, listos para escuchar sobre su plan de vida. No existe tal cosa. ¿Cómo le confiesas a tus padres, a tu numerosa familia y a tus amigos que cuando finalmente te gradúas de trabajadora social (carrera que has estudiado por más de tres años), odias todo lo relacionado con ello? Que en realidad no quieres ejercer la profesión, nunca.

—Eh... gracias a todos por venir. Y gracias por todos los fantásticos regalos —dice con voz trémula.

Sus manos también tiemblan.

—No tengo un plan —ríe con nerviosismo y una sensación de incomodad se extiende por el verde jardín.

—O bueno... me voy a mudar a Estocolmo.

Bueno, eso es nuevo. ¿Estocolmo? Sus padres se quedan con la boca abierta, están en completo shock.

—Me contó... un amigo, que hay una vacante para asesor en un centro para adultos jóvenes. Y tengo una entrevista la próxima semana.

Todos los invitados, a excepción de sus padres, suspiran con alivio. Ese era el plan. Todo estará bien. Casi logra convencerse a sí misma.

Cuando empaca sus cosas, echa un último vistazo a su pequeño departamento tipo estudio. Su hogar. Cuando entró en pánico en su fiesta de graduación y dijo que se mudaría a Estocolmo, no pensó en las consecuencias de esa mentira. Ahora tendría que dejar su departamento y mudarse a una ciudad nueva y desconocida, a casi 500 kilómetros de distancia.

Al principio, sus padres se tomaron un tiempo para adaptarse a la idea de que su hija se mudaría a Estocolmo y ahora están increíblemente orgullosos de ella. Ambos están convencidos de que Elisa irá a Estocolmo y será muy exitosa. Por su parte, Elisa no está tan convencida. No tiene trabajo ni un lugar dónde quedarse. Estocolmo es una ciudad costosa, totalmente diferente a su ciudad natal, en la que puedes comprar un falafel con un puñado de monedas. Ni siquiera quiere pensar en lo que cuesta un falafel en Estocolmo. Pero tiene un plan B.

Si todo sale mal, puede ser volver a trabajar como *camgirl*. Y la sola idea la hace sentir un poco mejor. Suspira y recorre el departamento con la mirada por última vez. Recuerda el día que se mudó allí, la libertad que se sintió, cuando tuvo su primer orgasmo en esa habitación y pasó el verano masturbándose frente a una audiencia. Recuerda cómo se sentía al volver a casa el verano pasado, el refugio que le proporcionaron esas paredes. Y, de repente, el departamento se siente más pequeño que nunca. Elisa ha madurado mucho en los últimos años, dentro de la seguridad que le ofrecía su pequeño hogar.

No está segura del momento preciso, pero en algún punto del camino empezó a superar ese lugar. Ese diminuto departamento es lo único que queda de la vieja Elisa. Cuando asimila esa idea por completo, se da cuenta de que ya cerró ese ciclo de su vida. Mientras está allí de pie, despidiéndose de lo único que la retiene, con un boleto de ida a Estocolmo en la mano, por primera vez se siente preparada y al mismo tiempo ansiosa por saber lo que le espera.

Tiene una semana. Una semana para ir a tantas entrevistas como pueda. Una semana para encontrar una condición de vida más permanente. Desde que aterriza en Estocolmo ha estado durmiendo en el sofá de un conocido no tan conocido. «No más de una semana», se dijo o a sí misma después de despertar con dolor de espalda y de participar en el desayuno más incómodo de su vida, la primera mañana. Son las ocho de la noche y Elisa recorre las calles de Estocolmo, sola. En todas partes ve grupos de amigos que celebran con alegría que el fin de semana llegó.

Todavía hay luz del sol y calor, el bochorno se intensifica en la ciudad. Se siente tan sola, tan pequeña, mientras camina sola un viernes por la noche. Hace un instante estaba visitando un departamento y parecía que estaba a punto de cerrar el trato. Pero cuando el propietario se enteró de que aún no tenía trabajo, no le permitió firmar el contrato. Le había jurado que encontraría el dinero, que podría pagar el alquiler. La había mirado con desprecio y, aunque no había dicho nada, Elisa sabía exactamente lo que estaba pensando. «Debe ser una prostituta».

No, no debe pensar en eso ahora. Elisa sacude la cabeza. Es viernes por la noche de su primer, y último, fin de semana en Estocolmo. El lunes será el último día, se rendirá y volverá a casa. Pero de momento, tiene la noche libre. Entra al pub más cercano y se sienta en la barra.

—Un gin-tonic, por favor.

El camarero asiente, la saluda con una sonrisa y le sirve la bebida en un vaso alto. Está a punto de pagar cuando un hombre le entrega su tarjeta al camarero.

—Permíteme... —dice él.

Elisa mira al hombre a los ojos y se da cuenta de que son oscuros. Una sonrisa se dibuja en sus labios carnosos y sus músculos se tensan bajo la camisa mientras toma el taburete junto a ella y se sienta. Permanecen así por un rato, sentados y en silencio. Elisa toma un sorbo de su trago, un poco nerviosa, totalmente consciente de que el hombre la observa.

—¿No vas a tomar nada? —pregunta ella, después de un rato.

Agita los cubos de hielo en el vaso y siente un escalofrío cuándo el hombre le sonríe, exhibiendo todos sus dientes.

—¡No, estoy bien! —dice en voz alta.

El escalofrío baja por su espina dorsal. Siente también un fuego entre las piernas y mariposas en el estómago. Ha pasado un tiempo desde la última vez que estuvo con un hombre, o al menos con un hombre así de guapo. Se muerde el labio y asiente. Está convencida de que él también puede sentir la electricidad entre ambos. La desea tanto como ella lo desea a él. Bebe otro sorbo de su bebida y traga el frío líquido con rapidez. Deja el vaso a medias en la barra y se pone de pie. Apoya una mano en su hombro, se inclina hacia adelante y le susurra al oído:

—Tengo que ir al baño de damas. Le roza la barbilla sin afeitar con su cabello.

Deja la puerta del baño entreabierta y se apoya en los azulejos de la pared, mientras cuenta mentalmente. Uno. ¿Entendería la indirecta? Dos. ¿Y si alguien más abre la puerta? Tres. ¿Tal vez lo malinterpretó? Quizás sólo intentaba ser agradable. Cuatro. Sería mejor irse a casa ahora mismo. Justo cuando está a punto de rendirse y marcharse, alguien abre la puerta desde afuera. Emite un jadeo de sorpresa, pero se ve rápidamente interrumpida por un par de labios contra los suyos y unas manos sobre su cintura. El peso de su cuerpo se presiona contra ella y la hace caminar en retroceso hasta chocar de espaldas con el lavamanos. Su pecho firme aplasta sus senos pequeños y su pene rígido empuja contra su muslo suave. La sensación la hace suspirar en su boca y siente un hormigueo entre las piernas; la sangre se acumula en su vagina que ahora está en llamas. El hombre la levanta y la sienta sobre el gran lavamanos, haciéndola sentir ligera como una pluma. Con una mano en la cara interna de cada muslo, le separa las piernas y se acerca aún más; la besa con más intensidad, mientras sus manos ascienden. Ya está empapada.

Cuando sus dedos rozan la ropa interior y siente lo mojada que está ella, gime. Rápidamente hace las panties a un lado. Sus miradas se encuentran y Elisa asiente con cautela. Se desabrocha el cinturón, se baja el cierre, deja caer sus pantalones al piso y se baja los interiores. La punta de su pene brilla bajo la luz fluorescente. Elisa envuelve las piernas alrededor de su cintura y las cruza, empujándolo hacia ella. Quedan tan cerca que ella puede sentir la tensión de la punta contra su abertura. Echando mano de todo su autocontrol, ella se queda paralizada en esa posición — con su pene presionado contra su vagina — esperando que él la penetre.

Lo quiere dentro de ella, bien profundo. Quiere sentir el contraste de su dureza contra su suavidad. Los ojos del hombre se tornan aún más oscuros, algo primitivo y salvaje se apodera de él. Elisa siente las manos fuertes en su cintura y lo recibe con los ojos cerrados. La penetra lentamente y ambos exhalan cuando él alcanza sus profundidades. Entonces ella abre los ojos y lo mira, parece estar en el paraíso, y sonríe complacida.

Al final, ella salta del lavamanos y se vuelve a poner las panties. Al exhalar siente como fluye el semen caliente fuera de su cuerpo. El hombre, cuyo nombre desconoce, se pone los pantalones y se sube el cierre. Ahora todo parece una locura. ¿Qué demonios estaba pensando? Alguien pudo haberlos visto o escuchado. Sus miradas se encuentran y él ya no luce tan seguro de sí mismo. Sonríe nerviosamente y de repente ella se pregunta por qué le pareció tan atractivo en un principio. Y entonces lo ve, el anillo.

—¿Qué pasa? Ella señala el anillo en el dedo anular de su mano izquierda.

Él sigue su mirada hasta el anillo. La sonrisa se desvanece de su rostro.

—Ah, no es nada —responde.

Elisa lo observa ponerse la correa apresuradamente. Y luego la deja sola en el baño. ¿Por qué no vio el anillo antes?

Le dan ganas de llorar. Sale corriendo del baño y del pub y deambula por las calles de Estocolmo. Está oscureciendo y la noche está enfriando. Lo que pudo haber sido un momento hermoso y candente entre dos desconocidos, termina siendo algo sucio e incorrecto. Elisa se había prometido a sí misma que nunca sería la otra y acaba de romper esa promesa. Aparte, no tenía trabajo, ni dónde vivir y, al parecer, cero principios. ¿Cómo pudo hacerlo? ¿Cómo pudo él? Sus pies la llevan a calles de las que nunca antes había oído hablar.

Se aleja del centro de la ciudad y termina en las afueras, donde la mayoría de los lugares están cerrados a esa hora. Muere de hambre y empieza a maldecir para sus adentros. ¿Dónde rayos está un McDonald's cuándo lo necesitas? Avanza un poco más y ve la palabra "café" en un letrero de neón parpadeante. Apresura el paso y llega hasta el lugar, "El café de medianoche". Queda en un sótano y las luces a través de las ventanas de cristal esmerilado le indican que está abierto. Se limpia las lágrimas con el dorso de la mano y baja por las escaleras de piedra hasta el café.

El interior del lugar no se parce en absoluto a lo que ella había imaginado. En su mente hambrienta había imaginado pasteles y pastas, sándwiches y café. En cambio, se encuentra de frente con una mujer que lleva mucho maquillaje y está sentada detrás de un computador. Elisa entra y la mujer la mira.

—¿Tienes reservación? —le pregunta la mujer y Elisa da un vistazo al sótano vacío.

No hay ni una sola mesa. La mujer debe haber notado la confusión en su rostro, porque de repente le sonríe.

—Ah, ya veo —dice riendo—. Esto no es una cafetería, cariño. Pero si quieres un poco de café y algo de entretenimiento, puedes caminar por ese pasillo a la izquierda y atravesar las cortinas rojas. No tienes cómo perderte.

Elisa no sabe qué decir. Camina de puntillas al girar a la izquierda, recorre el pasillo y se detiene frente a las pesadas cortinas de terciopelo. En el centro de la tela de color rojo intenso destaca una "B" brillante. Escucha la música, las risas y las voces fuertes de fondo. Extiende una mano y duda por un momento. Mira por encima de su hombro. No hay nadie allí, así que suspira y abre las cortinas. La habitación está a oscuras, a excepción del escenario iluminado.

Cientos de personas sentadas en mesas redondas aplauden, gritan y silban cuando la mujer semidesnuda en el escenario mueve sus caderas al compás de la música. Elisa jadea cuando recuerda la "B" brillante en las cortinas. ¿Sería posible que...? No. ¿Acababa de entrar en un burdel?

—¡Hola! ¡Bienvenida a *Blush*!

El hombre sonriente y muy bien vestido posa una mano en la parte baja de su espalda y la guía hasta una mesa vacía. Saca la silla para ella y Elisa toma asiento. Le entrega un menú, le sonríe y se aleja de la mesa. Elisa aún no entiende lo que está pasando. Tiene la mirada fija en el escenario. Escucha la voz de Etta Jones, proveniente de los parlantes, y ahora ocupan el escenario tres mujeres ataviadas con medias panty de malla, corsés, boas de plumas y zapatos de tacón altos. Danzan al ritmo de la música y Elisa no puede dejar de mirarlas.

And holla, ow, ow, ow, I'm a woman, a woman. Observa cómo desatan sus corsés, se preparan y exhiben cada vez más piel con cada "*ow*". Llevan pezoneras decorativas en sus senos desnudos y

Elisa siente que una gran sonrisa se extiende por su rostro. El público ruge a su alrededor, están totalmente fascinados con las tres mujeres en el escenario y Elisa entiende por qué.

Las luces del escenario se apagan y todos los hombres y mujeres que han bailado desaparecen detrás del escenario mientras la multitud los aplaude y aclama. Elisa los ovaciona de pie. Está en completo éxtasis. El local se vacía rápidamente. Se vuelve a sentar y observa a la gente salir del club en parejas o grupos, se da cuenta de que la audiencia está compuesta por gente de ambos sexos y de todas las edades. Cuando se encienden las luces, Elisa ve que los camareros que siguen allí llevan tirantes, sombreros y bigotes muy bien cuidados.

Las camareras, por su parte, llevan collares largos de perlas, vestidos cortos y los labios pintados de rojo. Elisa estudia el lugar, ve las sillas de terciopelo, la decoración sórdida y los cuadros en blanco y negro colgando de las paredes. En el menú lee el nombre del local: "*Blush* – bar clandestino y burlesco en Estocolmo", y de pronto todo tiene sentido. Es un bar clandestino —o al menos uno que pretende serlo— con fuertes influencias de los años veinte.

No puede dejar de sonreír mientras se levanta y camina hacia la salida. Y justo cuando está a punto de pasar por las cortinas de terciopelo, lo ve. Un cartel en la pared dice que están buscando nuevas bailarinas. «No se necesita experiencia previa, nosotros te enseñaremos». Elisa siente mariposas en el estómago. Recuerda a los bailarines en el escenario y trata de imaginarse junto a ellos. ¿Podría hacerlo?

—¿Estás interesada? —pregunta alguien con tono esperanzado.

Elisa se da la vuelta rápidamente como si la hubieran sorprendido haciendo una travesura.

—Necesitamos una nueva bailarina que reemplace a Nicki; la hemos estado buscando desde que quedó embarazada, pero no hemos encontrado a nadie y ya se le empieza a notar —continúa la hermosa mujer.

Elisa tarda un par de segundos en darse cuenta de que está hablando con una de las chicas que vio bailando al ritmo de Etta Jones.

—Yo... —Elisa es interrumpida por la mujer, que la toma del brazo y la arrastra tras bastidores.

Los destellos de luz reflejados por toda la purpurina y los diamantes falsos, la dejan ciega. La habitación está llena de percheros llenos de múltiples atuendos. Tantos colores y materiales al mismo tiempo. Y tantos rostros que se giran para verla.

—Esta es... ¿cuál era tu nombre? —La mujer que sostiene a Elisa por el brazo le sonríe.

—Elisa. Me llamo Elisa —dice nerviosa.

Los bailarines, tanto hombres como mujeres, la observan con curiosidad. Examinan su figura. Algunos de ellos sonríen en señal de apoyo, otros niegan con la cabeza y susurran cosas que ella no puede oír.

—¡Eli es nuestra nueva compañera de baile! Reemplazará a Nicki. ¿Verdad que sí, Elisa?

La mujer suena tan confiada y tan segura que Elisa no puede hacer otra cosa que asentir. Sonríe nerviosamente y siente una mezcla de ansiedad y emoción.

—¿Sabes...?, somos como una familia aquí —dice una mujer rubia al otro lado de la habitación, mientras camina hacia

Elisa—. Nos ayudamos mutuamente con absolutamente todo. Somos muy unidos. —Mira a Elisa intensamente a los ojos y sonríe—. ¿Estás lista para hacer *cualquier cosa* por éste empleo y por tus compañeros?

Al principio, Elisa no entiende de qué habla esa mujer, pero luego observa cómo se relame y pasea la mirada desde sus labios hasta sus senos. Elisa se muerde el labio y la escena le produce un delicioso cosquilleo entre las piernas. La habitación está llena de hombres y mujeres semidesnudos, y desborda de excitación tras un espectáculo exitoso; están felices de haber superado otra noche de trabajo juntos. Ahora se están relajando a su manera. En un rincón, dos chicas se abalanzan sobre uno de los bailarines.

Otras dos chicas se besan apasionadamente. Y en el resto de la estancia se escuchan risas, el sonido del descorche de una botella de champán y discretos gemidos. Elisa vuelve a mirar a la mujer rubia sin decir una palabra. En lugar de hablar, avanza un paso hasta quedar tan cerca de ella que sus narices casi se rozan y luego asiente. Sí, ciertamente está preparada para darlo todo. Necesita el empleo.

Sin saber bien cómo, Elisa sale de *Blush,* una hora más tarde, con piernas temblorosas y un contrato en la mano. Esgrime una sonrisa tonta en el rostro sobre el que impactan los primeros rayos del sol, suaves y delicados. No puede creer lo que está sucediendo, su situación límite como desempleada y sin lugar dónde vivir se resolvió mágicamente de la noche a la mañana. La mujer rubia, Linn, camina a su lado. Es muy alta y curvilínea, como una joven Marilyn Monroe. De haber nacido en los años cincuenta, sería extremadamente popular.

Malin, la mujer que la arrastró tras bastidores, camina del otro lado. Malin es tan morena como Linn es rubia. Tiene una sonrisa encantadora y se parece a la típica chica de la casa de al lado. El contrato en su mano dice que será la suplente de Nicki, formando un trío con Linn y Malin. La sola idea de bailar con ellas es surrealista.

—Gracias por dejarme quedar con ustedes. Será hasta que encuentre un lugar propio, ¡lo prometo! —Elisa sonríe agradecida y ambas rodean su cintura, riendo.

—No te preocupes, cariño. Siéntete libre de quedarte cuánto quieras —dice Malin y Linn asiente con la cabeza.

—Así tendremos más tiempo para practicar y para conocernos mejor. La química es primordial, si no fluyen las cosas, se nota en el escenario —continúa Linn.

Cuando llegan al departamento están tan exhaustas que terminan las tres en la misma cama. Aunque es una cama grande, duermen unas sobre las otras. Elisa se siente como una intrusa e intenta permanecer en el borde de la cama, para ocupar el menor espacio posible. Se quita el vestido y rápidamente se mete bajo la colcha, dando la espalda a las chicas. Linn y Malin emiten risitas y susurros. Pero ella está tan cansada que cierra los ojos y se relaja de inmediato. Cuando está a punto de quedarse dormida, siente una mano en su espalda. Por un instante, está segura de que es un sueño. Pero entonces escucha a Linn.

—Elisa... ¿estás dormida? —susurra Linn con voz ronca.

Abre los ojos y se gira. Su rostro queda a centímetros del de Linn. La electricidad que había sentido entre ellas, ha vuelto. Elisa recuerda lo cerca que estuvo de ella tras bastidores y lo que esta había dicho sobre ayudarse mutuamente, sobre ser unidos. En ese momento había notado cómo la observaba Linn, pero

Elisa pensó que era una estrategia de territorialidad, una forma de imponer su puesto en el club. Ahora Elisa entiende que estaba excitada. Linn la deseaba, en serio. Vuelve a sentir el cosquilleo. Ambas están completamente inmóviles, respirando a milímetros de distancia. Entonces sucede.

Los ojos de Linn se mueven hacia los labios de Elisa y ella no puede resistirse. Captura sus labios y la besa. Linn acaricia primero las mejillas de Elisa, luego su cuello, sus senos y su vientre. Sus manos están por todas partes y Elisa quiere más. Gime en voz baja y presiona su cuerpo contra Linn. Al otro lado de la cama, Malin se despereza. Acababa de quedarse dormida cuando sintió que la cama se estremecía. Como si alguien se estuviera moviendo. Echa un vistazo sobre su hombro y ve a Linn sobre Elisa, bañándola de besos y pasando las manos por todo su cuerpo.

Malin sonríe para sí misma y vuelve a cerrar los ojos. Escucha atentamente cómo las caricias de Linn hacen a Elisa jadear y los gemidos de ambas. Lentamente, para disimular que está despierta, desliza una mano dentro de su ropa interior. Luego se frota el clítoris con sus dedos largos. Se toma su tiempo, describe círculos y de vez en cuando roza su clítoris hinchado con un dedo. Malin se tiene que morder el labio para no delatarse. No quiere que Elisa y Linn sepan que está despierta. Aún no.

Mientras tanto, Elisa presiona las plantas de los pies contra el colchón y eleva el trasero mientras Linn le baja las panties. El aire fresco contra su vagina húmeda y cálida le eriza la piel y gime de pensar en lo que pasará a continuación. Nunca antes había intimado con una mujer, pero ha fantaseado mucho al respecto desde que descubrió los placeres del sexo. Los labios sonrientes de Linn desaparecen entre los muslos de Elisa. Al sentir la lengua de Linn sobre sus labios vaginales, sobre su clítoris y en su interior, no puede evitar gemir en voz alta.

Sus manos se aferran a la colcha y pierde el control sobre su cuerpo. Arquea la espalda y lucha por llenar sus pulmones de aire, sin dejar de pensar en el hecho de que esto finalmente está sucediendo. Esto es todo lo que había soñado. Linn introduce dos dedos en su vagina húmeda. Chupa y lame el clítoris de Elisa al tiempo que sus dedos entran y salen de ella lentamente. La sensación no podría ser mejor. Elisa está muy cerca de acabar. Siente el orgasmo formándose en su interior. Malin escucha los gemidos cada vez más fuertes de Elisa y siente cómo su cuerpo se retuerce y se contorsiona junto a ella.

Cuando Malin se gira y ve a Elisa con los ojos cerrados y la boca abierta, piensa que debe estar muy cerca del clímax. Y ve a Linn dedicada a los muslos de Elisa. Esto la hace sonreír y morderse el labio. Sabe perfectamente cómo se siente la lengua suave de Linn y cómo terminará la noche. La sola idea hace que se sienta aún más caliente. ¿Quién necesita dormir? Justo cuando Elisa piensa que las cosas no pueden ser mejores, otro par de labios captura uno de sus pezones erectos. La lengua de Malin acaricia suavemente su piel sensible y la mira directamente a los ojos.

Con los dedos de Linn en lo profundo de su vagina, la lengua de Linn presionando su clítoris y los labios de Malin rozando su pezón, Elisa se rinde ante un orgasmo arrollador. Tiembla incontrolablemente y deja salir una risa de asombro. Linn y Malin están arrodilladas sobre ella, besándose. Por un momento Elisa permanece acostada e inmóvil observándolas, pero luego nota que algo brillante rueda por la cara interna del muslo de Malin. Entonces Elisa se estira cuidadosamente para tocarlo. Sus dedos alcanzan la humedad y jadea al descubrir que Malin está tan mojada que chorrea

Elisa retira la mano y observa cómo Linn y Malin se mueven juntas como si fueran una sola. Linn se acuesta boca arriba y Malin besa sus senos, mueve la punta de la lengua entre sus pezones erectos y baja describiendo círculos alrededor de su ombligo. La lengua de Malin se aventura por el monte de Venus de Linn hasta que encuentra el punto correcto. Un suspiro de satisfacción escapa a los labios de Linn y cierra los ojos. Malin está de rodillas e inclinada hacia adelante entre las piernas de Linn, con el trasero elevado. De modo que su vagina mojada queda justo frente a Elisa y ella se acerca con cuidado, con los ojos como platos y el corazón en la garganta.

Posa las manos sobre las nalgas de Malin y las separa con cuidado. Ay, por Dios. Inmediatamente, Malin separa sus piernas. Gime contra Linn y empuja su cuerpo hacia Elisa para que la vea mejor y también para darle la bienvenida. Malin se estremece bajo el roce de la lengua de Elisa. Presiona su vagina contra la boca de Elisa e inserta la lengua más profundamente dentro de Linn. Las tres se mueven al unísono. Cada vez que Elisa penetra a Malin con su lengua, ella a su vez pulsa la suya contra la piel sensible de Linn. Las lenguas, labios y dedos trabajando en conjunto hacen que Malin y Linn alcancen orgasmos hermosos y húmedos.

—Otra vez. —Jadea Elisa al final.

En medio del silencio que sigue al clímax, se acuestan desnudas y juntas en la cama, escuchando la lluvia caer. Después de su orgasmo y de ayudar a Malin y a Linn a alcanzar su clímax, Elisa está exhausta. Pero sigue excitada. Ahora que ha alcanzado el límite, quiere más, quiere volver a sentir los cuerpos calientes contra su piel. Una y otra vez. Elisa toma las manos de las chicas y las guía hasta su vagina mojada y palpitante.

—Hagámoslo de nuevo.

Las semanas siguientes pasan volando. Los bailarines reciben a Elisa con los brazos abiertos. La mayoría de ellos la ayuda mucho y, luego de muchas horas de duro entrenamiento, innumerables ampollas y calambres, Elisa finalmente aprende lo básico. En compañía de sus nuevas compañeras de cuarto / baile, compra ropa interior, boas de plumas, corsés, zapatos, maquillaje y accesorios. Ensayan un par de rutinas diferentes y Elisa se llena de deseo cada vez que bailan juntas. Es muy unida a Malin y Linn — tanto en el trabajo como en el departamento — pero cuando bailan juntas, las cosas se tornan aún más íntimas.

Las piernas largas y musculosas y las figuras esculpidas de las chicas excitan a Elisa. Cuando las ve moverse y desnudarse al compás de la música, todo su ser se estremece; y tiene que hacer un gran esfuerzo para seguir bailando, sin ceder a la tentación de arrojarse sobre ellas. Después de los ensayos, abandonan toda inhibición. Y entonces se dedican a complacerse. En el estudio de danza, en los vestidores, en las duchas y en el departamento que comparten. Elisa no se cansa de sus cuerpos y probablemente ellas tampoco del suyo.

Un día, exactamente un mes después de firmar contrato, Elisa está maquillándose en el vestuario junto a Malin y Linn. Se ayudan con las pezoneras, se ajustan los corsés apretados y se aplican purpurina. Se dan palabras de aliento y se animan con champán. Es su primera vez como trío, en el escenario. Prepararon su canción y su rutina y, lo más importante, se brindan apoyo las unas a las otras. Un espectáculo y luego a celebrar.

—Ay, por Dios. No puedo hacer esto. —Elisa sujeta la mano de Linn y la aprieta con fuerza.

Su corazón late con fuerza y la cabeza le da vueltas. Linn le acaricia la mejilla y le da un beso largo y húmedo con sabor a lápiz labial, goma de mascar y tabaco.

—No verás nada por los reflectores. Sólo míranos a Malin y a mí. Y haz lo que nosotras hagamos. Tú puedes hacerlo, cariño.

Elisa inhala profundamente. Repasa la rutina en su mente por enésima vez y trata de ignorar lo nerviosa que está. Pero cuando empieza la música, se abre el telón y la luz de los reflectores le golpea los ojos, Elisa sabe exactamente qué hacer. Con el alboroto del público de fondo, baila la rutina de principio a fin a la perfección, junto a Malin y a Linn, al ritmo de *Rough Lover* de Aretha Franklin.

Cuando termina la canción y se apagan las luces, Elisa detalla a los espectadores por primera vez. Ve las sonrisas, el brillo en los ojos y la sorprendente energía. Reconoce en la audiencia la misma sensación que experimentó la primera vez que entró al *Blush*. Elisa está a punto de bajar del escenario junto a Linn y Malin, cuando ve un rostro familiar en el público. El hombre no sonríe ni aplaude. La mira directamente a los ojos y ella reacciona como si hubiera visto un fantasma.

—¡Lo hicieron muy bien, chicas! ¡Elisa, te luciste, cariño! —Malin rodea los hombros de Elisa y la abraza.

Elisa permanece inmóvil y no responde al abrazo, así que Malin y Linn intercambian miradas.

—¿Qué pasa? Estás pálida, cariño.

Elisa se sienta en la silla más cercana y se lleva las manos al rostro. Mierda, mierda, mierda. Siente una presión en el pecho y le cuesta trabajo respirar. Linn se pone de cuclillas frente a ella y posa las manos en sus rodillas, mientras Malin le acaricia la espalda. No dicen nada, sólo la consuelan y esperan a que hable.

—Acabo de ver a un amigo de mi familia en la audiencia.

Cuando lo dice en voz alta, suena un poco infantil. No puede verlas, pero se imagina a Linn y a Malin relajándose y sonriendo. Después de todo, es adulta y puede hacer lo que quiera. Y, ¿cuál es el problema si un amigo de la familia la ve bailar?

—Y tus padres no saben que bailas, ¿cierto?

Elisa eleva la mirada y se encuentra con los ojos de Linn. Está preocupada. Ninguna de las dos está sonriendo y Elisa se siente aliviada. Puede confiar plenamente en ellas. La apoyan sin importar las circunstancias. Elisa asiente y las tres se quedan en silencio. Se escucha el estruendo de los aplausos que reciben a sus compañeros. Elisa inhala y exhala profundo.

—Debo decirles —se dice a sí misma con una sonrisa forzada. Elisa mira sus expresiones de preocupación y de repente estalla en risitas. Luego vienen las carcajadas y ya no puede controlarse.

—¿Qué sucede, Elisa? —De ser posible, ahora lucen más preocupadas y eso hace que Elisa se ría aún más fuerte.

—¡Estaba verde! Lo conozco desde que era una bebé o al menos desde que tengo memoria... Así que esto era probablemente lo último que esperaba ver.... ¡Tenían que haber visto su expresión, chicas!

Malin y Linn se miran y la preocupación en sus rostros se borra progresivamente. Empiezan a sonreír mientras asimilan sus palabras. Pronto empiezan a reírse juntas, allí paradas. Luego van al vestuario y se quitan los trajes. Bailarines semidesnudos, maquillados y usando zapatos de tacón alto corren a su alrededor. Algunos de ellos están listos para disfrutar la noche, como el grupo de Elisa, y otros se preparan para el espectáculo.

—Estuvo entretenido, lo hice mejor de lo que esperaba.

Elisa se sienta en el pequeño banco del vestidor pobremente iluminado, mirando a Linn mientras se seca el cabello. Malin se delinea los ojos frente al espejo. Ambas la miran y le sonríen.

—¡Hay que celebrar! —continúa y las palabras hacen brillar los ojos de las otras chicas. Esto es lo que habían estado esperando.

—¡Buscaré el champán! —grita Malin mientras corre tras bastidores.

Antes de llegar a Estocolmo, Elisa — una trabajadora social, recién graduada, sin planes ni metas concretas — no había conocido nada como el *Blush*. Ni en sus sueños más alocados podría haberse imaginado que llegaría a conocer a todas esas personas increíbles con las que ahora pasa sus días y noches, con las que baila en el escenario. En los veranos anteriores a éste, Elisa había descubierto la alegría y el placer de explorar sexualmente su propio cuerpo. Nuevas puertas se le habían abierto cuando aumentó su autoestima.

Por primera vez en mucho tiempo, se había sentido completa y no se había dado cuenta, hasta se momento, de lo mucho que lo había anhelado. Elisa reflexiona sobre los dos últimos años de su vida, recuerda sus días como *camgirl* y el verano que pasó con Claude. Entonces se da cuenta de que nunca se ha sentido tan cómoda como ahora. En el escenario, las miradas de muchos desconocidos se fijan en su cuerpo. Con las transmisiones en vivo ganaba mucho más dinero, pero también tuvo que mostrar mucha más piel. Su ex *sugar daddy*, Claude, le había dado todo lo que podía desear, pero tampoco fue del todo gratis.

La hacía sentir atrapada como un pájaro en una jaula. Los dos veranos anteriores habían sido fantásticos. La habían convertido en la mujer que es ahora. Pero, en comparación, éste había sido el mejor de los tres. Por primera vez en su vida, es totalmente independiente. Por primera vez en su vida, todo gira en torno a ella, a su placer y el de nadie más. La sola idea le hace darse cuenta de que esto la define. No se visualiza sentada en una oficina, hablando con otras personas para tratar de arreglar sus problemas. Nunca podrá hacer otra cosa que no sea el baile burlesco, porque finalmente se ha encontrado a sí misma.

Ahora, sus compañeros son su familia. La relación con Malin y Linn es la mejor que ha tenido: ardiente, libre y llena de confianza. Elisa saca el teléfono de su bolsillo y revisa su lista de contactos. Ahí está. El número que ha marcado tantas veces que es capaz de marcarlo sin mirar. El corazón casi se le sale por la boca. Tiene la boca seca y el estómago revuelto.

—¡Elisa! Estoy tan feliz de que llames. ¿Cómo estás? —su mamá suena genuinamente feliz y a Elisa se le revuelve el estómago.

Las entrañas de Elisa le gritan que cuelgue, pero ella se resiste. Es ahora o nunca. Tiene que arreglárselas sola. Por una vez en su vida tiene que decir la verdad y hasta que no lo haga no será completamente libre. Siente como si pasara una eternidad hasta que finalmente abre la boca para hablar.

—Mamá, tengo que decirte algo.

Elisa, Malin y Linn se toman de las manos en la oscuridad. Respiran profundo y sonríen nerviosamente. Su canción comenzará a sonar en breves instantes. El telón se abrirá y las luces se enfocarán en ellas. Los ojos del público estarán fijos sobre sus cuerpos. Observando cómo se mueven al ritmo de la música. Se desvestirán mientras bailan y dejarán caer sus prendas sobre el piso. El público se quedará sin aliento cuando Ella y sus colegas les entreguen todo lo que tienen y mucho más. Toman sus posiciones: Linn con las manos sobre sus rodillas, luego Elisa — en medio de ambas — con los codos apoyados en la espalda de Linn y, finalmente, Malin con los codos apoyados en el trasero de Elisa.

La voz de Etta James inunda la habitación y se abre el telón. El volumen de la música es alto y las tres mueven las caderas al unísono. *I want to make love to you*. La audiencia ruge de emoción. Elisa les sonríe y se siente intoxicada por la atmósfera alegre. Encontró el camino a casa, por primera vez en su vida. Finalmente puede mostrarle al mundo quién es realmente.